博物館のファントム

箕作博士の事件簿

伊与原　新

集英社文庫

◎目次◎
博物館のファントム
箕作《みつくり》博士《はかせ》の事件簿
The Case-Book of Dr.Mitsukuri

ENTS

CONT

本文デザイン／坂野公一
（welle design）
本文イラストレーション／荒川眞生

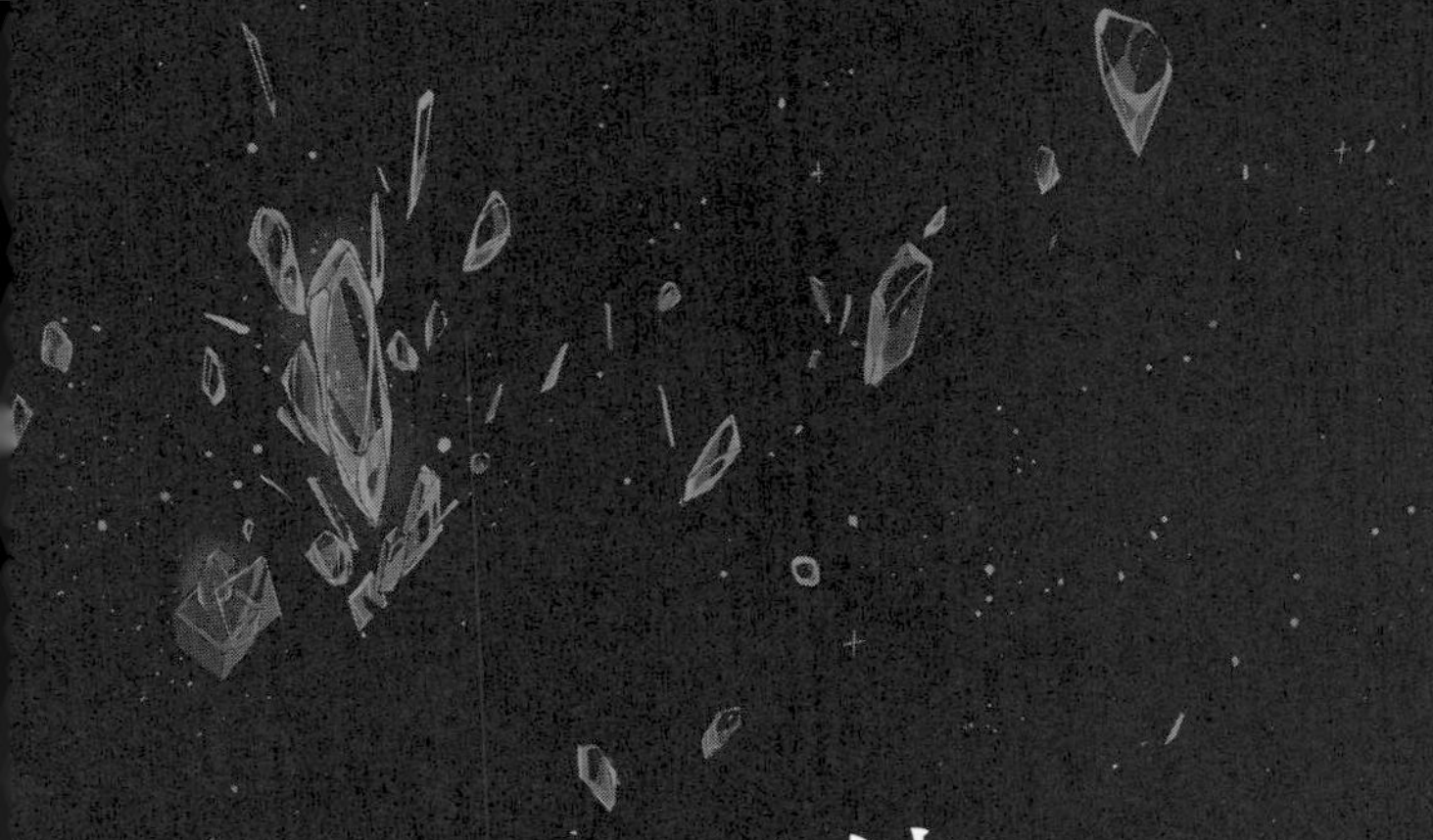

博物館のファントム

箕作《みつくり》博士《はかせ》の事件簿

The Case-Book of Dr.Mitsukuri

呪いのルビーと鉱物少年

1

玄関ホールで「*Futabasaurus suzukii*《フタバサウルス　スズキイ》」の出迎えを受ける。吹き抜けの天井から吊《つ》り下げられた全長七メートルの骨格レプリカだ。

池之端《いけのはた》環《たまき》は歩みを緩め、「フタバスズキリュウ」として知られる首長竜を見上げた。日本国内で初めて発見されたこの恐竜の親戚が新種と認定され、学名がつけられたのは、発見から三十八年も経《た》った二〇〇六年のことだという。

それを思うたび、環の心には畏《おそ》れにも似た感情がわき上がってくる。〝生き物オンチ〟の自分が研究者の端くれとしてこれから立ち向かおうとしている世界の途方もなさを、あらためて思い知るからだ。

ひょんなことからここ「国立自然史博物館」に職を得て、一ヶ月。まだ自分の職場をよく理解しているとは言えない。昼食に出た際は、展示館をひと回りして研究室に戻ることを日課にしている。

ゴールデンウィーク最終日ということで、館内は親子連れでにぎわっていた。美術や歴史に関わる品々を収めた博物館とは違って、動植物とその化石、鉱物や隕石《いんせき》などを中心に展示している自然史博物館は、子供たちに人気がある。

ここは、二棟ある展示館のうち、五年前にオープンした「新館」だ。恐竜の化石や大型哺乳類《ほにゅうるい》の剝製《はくせい》、さらには宇宙関連の〝派手〟な展示物が集められている。

現代的な内装の空間に歓声が響く。電磁気現象の実演装置や、恐竜にまつわるクイズを出すモニターの前に陣取る子供たちだ。今はいわゆる〝体験型〟の展示を増やさないと、集客が見込めないらしい。

はしゃぎまわる子供たちを見ていると、科学離れなど嘘《うそ》のような気がしてくる。だが、おそらく彼らのほとんどが、十代のうちに科学への関心を失ってしまうのだ。一方で、恐竜にも昆虫にも花にもまるで興味を示さない少女だった自分が、研究員として博物館に勤めている。環は今さらながら、顔がほてるような居心地の悪さを感じた。

足早に新館を抜け、渡り廊下を通って「旧館」に向かう。

自然史博物館というところは地球の歴史を一足飛びに越えていける場所だが、旧館に足を踏み入れると博物館そのものの歴史を遡《さかのぼ》ったような気になる。

まず、匂いが違う。どこかほこりっぽい古びた本のような匂いに、床用油の香りがかすかに混ざっている。鼻がつんとする感じは、ホルマリンのせいかもしれない。装飾の施された高い天井や白漆喰《しっくい》と腰板の壁は、昭和初期のモダニズムというやつだろう。昭和の末に生まれた環でも、旧館にいる方が不思議と心が落ち着いた。

人もまばらな旧館は、静けさに包まれていた。上がガラス張りになった古い木製キャビネットを、老夫婦がのぞきこんでいる。入っているのは古生代の植物化石。旧館に残されているのは、こうした〝地味〟な化石や岩石、一見ありふれた形態の動物や昆虫の標本だけだ。客に媚《こ》びることもなく、厳格なルールに則《のっと》って、ぎっしりと、粛々と並んでいる。

隣の鉱物展示室から、よく知ったかん高い声が聞こえてきた。

「呪いのルビー!?」

呪い――？　尋常でない言葉と声音に、開いたままのドアから中をのぞきこむ。

声の主はやはり地学研究部の五十嵐《いがらし》だった。鉱物標本が並ぶキャビネットの前で、見知らぬ二人と向き合って立っている。一人は博物館の教育ボランティア。制服である緑色のベストを着ている。もう一人は小学校中学年くらいの少年だ。

五十嵐は胸の前にハガキ大の木箱を持っていた。戸惑い半分、興味半分といった表情でそれを見つめている。

歩み寄る環に五十嵐が気づき、眉尻を下げてぎこちなく微笑《ほほえ》んだ。

「見てよ、これ」助けを求めるように言って、環に木箱を向ける。ニスは剝《は》げ、角が削れている。かなりの年代物だ。ふたを留める真鍮《しんちゅう》の金具もすっかり変色している。

「〈開封厳禁〉——？」ふたに縦書きでそう書いてある。

その左には〈ルビー〉とあり、さらに文字が続くようなのだが、ほとんど消えてしまっている。その次の行ははっきり読み取れた。

「〈和賀《わが》〇八ＫＭ〉——これは試料番号でしょうか？」

「普通に考えればそうだろうね。〈和賀〉は採取者の名前という可能性もあるけど」

「さっき、『呪いのルビー』って聞こえた気がするんですけど……？」

「ええ」教育ボランティアの男性が微笑む。名札に記された名字は〈初村《はつむら》〉。元教師といった風情《ふぜい》の初老の男性だ。「陸《りく》くんは、ひいおじいさんからそう聞いたそうです」

「中の石を見た人は、呪われて死んじゃうから。だから、ひいじいちゃんが前の持ち主から預かったんだって」陸と呼ばれた少年が、大人たちの顔を見回して言う。「だから、この箱は絶対開けちゃダメなんだって。絶対。ひいじいちゃんに、何百回も言われた」

どうやらこれはこの少年が持ち込んできたものらしい。耳もとで木箱を振る五十嵐に、初村が笑顔を向ける。

「陸くんも、彼のお父さんも、一度も中を見たことはないそうですよ。鍵がかかっているわけでもないのにねえ」

「確かに何か入ってる感じはするけど……開けずに中身を調べてくれって言われてもなあ」

五十嵐は情けない声を上げて、すっかり髪が薄くなった頭をかいた。

「さっきの男の子、ここで何度か見かけた気がするんですけど……」

旧館から研究棟へと戻る道すがら、五十嵐に言った。

「陸くんは、うちの常連さんだよ。年間パスポートを持っていて、週に二、三回は来る。家がこの近所だからね」

「お目当ては鉱物ですか？」

「さっき話に出てきた彼のひいじいさんが、鉱物マニアだったようだね。三年ほど前に亡くなったそうだけど。これもひいじいさんの部屋の押し入れから出てきたらしい」

五十嵐は陸から預かった木箱を軽く掲げてみせた。

調べる前に、まずお父さんかお母さんと話がしたい――五十嵐は陸にそう告げた。子供の依頼だけで、〈開封厳禁〉と書かれた箱を勝手にいじくり回すわけにもいかないだろう。

「陸くんて子、あの教育ボランティアの方とも親しそうでしたね」

「初村さんは、地学班のボランティア・リーダーなんだ。うちに来てもらうようになって、もう半年になるかな。最近は陸くんの専属みたいに、いつも一緒にいるよ」

「初村さんも鉱物好きなんですか？」

「いや、鉱物に関しては素人《しろうと》だと思うよ。昔はプラネタリウムの技術者だったんだって」

〈関係者以外立入禁止〉と書かれたドアを開けると、通路の壁が味気ないコンクリートになった。旧館の奥にはいくつもの建物が連なっていて、そのすべてがこうした渡り廊下で複雑に接続されている。

環の研究室がある研究棟もその一つだ。あまり知られていないことだが、国立自然史博物館は単なる展示施設ではない。むしろその本分は、標本の収集とその調査研究にある。研究部門は、「動物」、「植物」、「地学」、「人類」の四つの「研究部」からなり、八十名を超える研究員と最先端の研究設備を擁している。人員と予算の規模で見ても、ここは国内有数の自然科学系研究機関なのだ。

国立自然史博物館に課せられた最大の使命は、国家的な財産としての標本コレクション——ナショナル・コレクション——の構築だ。現時点で四〇〇万点を超える膨大な量の標本が、研究棟や標本資料管理棟で保管されている。当然のことながら、展示館に飾られているのはそのほんの一部に過ぎない。

一般の人々が足を踏み入れることができるのは、未来的な外観の新館と、スクラッチタイル貼りが美しい旧館だけだ。それら二棟の裏側に、その何倍も大きく深い世界が広がっていることなど、来館者たちは想像もしていないだろう。

　ここは、六十年にわたって増改築が繰り返された迷宮だ。新入りの環はよく迷子になる。地上か地下かも分からなくなる細切れの階段。長らく誰も開いていないような錆《さ》びた謎のドア。思いもよらぬ建物につながっている薄暗い通路。曲がり角の先に不意に現れる古い剝製の類《たぐ》いには、もう何度も驚かされた。

「痛っ」右足に衝撃を感じると同時に、大きな音がした。ほこりをかぶった一斗缶を蹴飛ばしたのだ。この迷宮は内部もカオティックだ。どの通路も中身の分からぬ段ボール箱や不用品で半分ふさがっている。

「皆さん、通路にものを放置するのがお好きなんですね」五十嵐のせいではないのに、嫌《いや》みが口をついて出た。

「その一斗缶、僕がここに就職したときからそこにあるよ。十五年前から」

「十五年!?」環は目を丸くした。「信じられない……」

「池之端さんて、こういうの許せない人なんだ。几帳面《きちようめん》なのは、やっぱり職業柄?」

「わたし、根っからの片付け魔なんです。趣味も部屋の片付けで、どうすれば家の中のものを効率よく分類して、整理できるか、そのアルゴリズムをいつも考えてます」

「アルゴリズムときたか。さすがだねえ」五十嵐は可笑《おか》しそうに肩を揺らした。

　アルゴリズムというのは、数学やコンピューターの分野でよく使われる用語で、問題を解くための手順を定式化したものだ。

「ものが散らかってるのを見ると、体中がかゆくなってくるんですよね」環は二の腕をさすった。

「そいつは筋金入りだ」五十嵐がにやついた顔を向けてくる。「池之端さんがそこまでの片付け魔だってことがファントムに知られたら、面倒なことになりそうだな」

「ファントム？」確か「亡霊」や「幽霊」という意味だったと思うが——。「何のことです？」

「あれ？　まだ見てない？」五十嵐が短い首をかしげた。「だって池之端さん、最近『赤煉瓦』で標本収蔵室の整理をさせられてるんでしょ？」

「ええ。新人研修みたいなもんだと思えって、うちの部長に言われて」環は眉をひそめて五十嵐を見上げる。「まさかとは思いますが、あそこに幽霊が出るとでも言うんじゃ——」

「幽霊というより、怪人かな。『ザ・ファントム・オブ・ジ・オペラ』みたいな」

「『オペラ座の怪人』ですか」

「そう。オペラ座ならぬ、『標本収蔵室の怪人』」

「何だかよく分かりませんけど」

「まあ、『赤煉瓦《あかれんが》』に通っていれば、そのうち出くわすよ」五十嵐はいたずらっぽくはぐらかした。

研究棟二階の廊下を歩いていると、うしろから足音が駆け寄ってきた。

「五十嵐さーん！」技術職員の若い女性だ。困り顔で、どこか甘えた声を出す。「またやられちゃったんです」

「えーっ？　またあ？」五十嵐はかん高い声をさらに高くした。「今度は何？」

「紫水晶《アメシスト》と猫目石《キャッツアイ》です」技術職員は上目づかいのまま申し訳なさそうに続ける。「新館で来週の『ちきゅう教室』の準備をしてたんですけど、ちょっと目を離した隙に……」

「ちきゅう教室」とは、親子を対象にした地学研究部主催の学習イベントのことだ。先週、第一回が開催された。

「もしかして、イベント用の鉱物標本、誰かに持っていかれちゃったんですか？」環は二人の顔を交互に見た。

「二週連続だよ」五十嵐が渋い顔でうなずく。「前回は、イベントの本番中にやられたの。琥珀《こはく》と水晶と――確か霰石《アラゴナイト》だっけ？」

「てことは、参加者が？」

「うーん」五十嵐はまた頭をかいた。「イベントに出した鉱物や化石がなくなることは、時々あるんだよ。もちろん貴重な標本じゃないけどさ、やっぱ残念だよねえ」

2

ふと液晶モニターの時計を見ると、午後四時を回っていた。時が経つのがはやいのは、プログラミングが軌道に乗っている証拠だ。

ファイルを保存して三重にバックアップをとり、参考書を本棚の所定の位置に戻す。ボールペンをペン立てにさし、今朝の会議資料をシュレッダーにかけると、机の上はきれいになった。捨てることをためらわない、先延ばしにしない——それが片付けのコツだ。それにしても、大学や研究機関は書類の電子化がひどく遅れている気がする。

引き出しからマスクを取り出す。これ無しではとてもあの標本収蔵室に入れない。肩までの黒髪をゴムでしばりながら、研究室を出た。

二棟の建物を経由し、敷地の外れへと続く薄暗い地下通路に下りる。じめじめした狭いトンネルの突き当たりに見えるスチールドアの向こうは、もう「赤煉瓦」の地下だ。

正式な名称は「旧標本収蔵庫」。大正時代に建てられた、煉瓦造りの小さな二階建てだ。もちろん博物館で最古の建物になる。関東大震災も東京大空襲も奇跡的にくぐり抜けた、唯一の生き残りだそうだ。

外から見ると、赤い煉瓦の外壁に白い桟《さん》の半円アーチ窓がよく映えて、美しい。階段状の玄関アプローチの先には重厚な木製扉があるが、誰も鍵の在り処《ありか》を知らない巨大な南京錠がかかっている。

だから、「赤煉瓦」にアクセスするには、こうして地下から入るしかない。環はこの地下通路のことを「タイムトンネル」と呼んでいた。突き当たりのスチールドアを開くと、そこは冷気漂う四畳ほどの空間で、錆びついた鉄製の階段が上に延びている。それを上って建物一階の廊下に出ると、タイムスリップの完了だ。

半円アーチ窓から夕日が差し込んで、板張りの廊下をオレンジ色に染めている。今日も人の気配はない。聞こえるのは、環が床板をきしらせる音だけだ。

廊下に沿って両開きの扉が四つ並んでいる。手前から順に、標本収蔵室イ号、ロ号、ハ号、ニ号。どの部屋にも、怪しげな標本や文献が未整理のまま放置されている。収蔵されているのではない。ただ無造作に放り込まれているのだ。「赤煉瓦」という歴史的建築物をどう活用するか決められないでいるうちに、倉庫代わりに使われるようになったらしい。

もちろん、空調もままならないこの建物で貴重な標本を保管するはずはない。ここにあるのは、正体不明の古い標本や、価値がないと見なされた標本だ。分類する意味もない雑多なガラクタだ。ここは、忘れられた標本が収められた、忘れられた場所なのだ。

マスクを着け、真鍮の鍵で一番手前の扉——標本収蔵室イ号を開く。電灯をつけると、正面の棚に並ぶサルの頭蓋骨と目が合う。初めてこの部屋に入ったときは、悲鳴を上げそうになった。アオウミガメの甲羅《こうら》とイタチの剝製の間を通って、奥へと進む。

部屋の隅にある大きな書棚に、黄ばんだ紙束がいくつも積まれている。これは、押し葉標本——プレスして乾かした植物を台紙に貼り付けたものだ。

この古い植物標本の山から、素性のはっきりしたもの、つまり、採取された場所と日付などがきちんと記載されたものだけを抜き出して、整理すること——環は上司である植物研究部長からそう命じられていた。先週から毎日この作業に二時間ほど費やしている。

環の所属は、植物研究部の「多様性解析グループ」だ。だが環は、学生時代を含め、植物そのものを使って研究をした経験はない。ここでの環の研究テーマは、「ＤＮＡバーコーディング」——遺伝子情報を使って生物種を簡便に分類、同定する技術——のためのソフトウェア開発だ。生き物ではなく、もっぱらコンピューターだけを相手にしている。

そもそも環は生物学を専攻していない。出身は理学部の情報科学科で、持ち合わせている知識も数学とプログラミングに偏っている。大学院では「遺伝子配列の解析に応用可能な最適化アルゴリズムの研究」で博士号を取得した。遺伝子解析に興味があったわけではない。環の指導教員だった教授が知り合いの植物学者から共同研究の申し出を受け、研究テーマが決まっていなかった環にその仕事が割り振られたに過ぎない。

博士号を取得したあと、ある大学で任期付きの研究員をしていた環に、国立自然史博物館から声がかかった。植物研究部でDNAバーコーディングの技術開発チームを立ち上げることになり、計算機科学の専門家を一名募集するというのだ。就職先を探していた環は、深く考えもせず勧められるままそれに応募し、運良く採用された。

つまり、環が今ここにいるのは偶然の産物で、自身の意思や情熱とはあまり関係がない。コンピューターオタクで片付け魔の環にとって最大の関心事は、雑多な情報をエレガントに分類するアルゴリズムやプログラムを作り出すことであって、それが何を対象にしているかは大した問題ではなかったのだ。

環は古紙でも分別するような感覚で、色あせた押し葉を仕分けていく。当然、標本を見ても何が何だか分からない。初めの頃こそ、なんで自分がこんなことを、と思いもしたが、いったん整理を始めるとつい夢中になるのはもはや性癖だ。

どのくらいの時間が経っただろう。開けておいた扉が突然バタンと閉まったので、心臓が止まりそうになった。風でも吹いたのか。いや、部屋も廊下も、窓は閉めてある。

標本収蔵室の怪人《ファントム》──。環は五十嵐の言葉を思い出した。

部屋の出入り口に忍び寄り、小さく扉を開いて廊下を見渡した。いつの間にか日は落ちていて、辺りは暗い。

激しく鼓動する左胸を手で押さえながら、環はそっと廊下に踏み出した。

そのとき――。

「そこで何をしている」

背後で響いた声に、跳び上がりそうになった。声がしたのは、廊下に穿《うが》たれた真っ暗な穴――地下通路へと続く階段だ。その暗闇から、黒い影が上ってくる。環は腰を抜かしそうになりながら後ずさった。後ろ手で壁をまさぐり、震える指で電灯のスイッチを入れる。

立っていたのは、背の高いやせた男だった。

三十代後半か、せいぜい四十。くせの強い前髪が、黒いフレームの眼鏡にかかっている。ツイードのジャケットの袖についているのは、革の肘当《ひじあ》てだ。旅行帰りなのか、時代がかった革のトランクを提げている。そのいでたちがそう思わせるのか、男のたたずまいは「赤煉瓦」の空気にすんなり馴染《なじ》んだ。

眉根を寄せて見つめてくる男に向かって、声を絞り出す。

「お、押し葉標本の整理、ですけど……」

男は環のいた部屋にずかずかと入り込んだ。縄張りを荒らされたかのようないら立ちが、男の動きに見て取れる。

男は奥の書棚の前に立ち、環が分類した台紙の山を見下ろした。

「おたく、新入りか？　専門は？　維管束《いかんそく》植物？」

「い、いえ」環は男の態度に気圧《けお》されていた。「所属は植物研究部ですけど……専門は計算機科学です。扱うのは遺伝子情報だけで、今はDNAバーコーディングのシステム開発を――」

「ふん」男がさえぎった。「計算機屋か」

見下したような口ぶりには、さすがにムッとした。反論しようとして、男の右手にある小さな木箱に気づいた。

「それってもしかして――」思わず木箱を指差す。「『呪いのルビー』？」

「五十嵐さんに押し付けられた。こういうのは君の専門だろう、と言って」

「専門？」

「『呪いのアメシスト』を知っているか？」

かぶりを振る環を見もせずに、男は続ける。

「今はロンドンの大英自然史博物館にある。ファセットカットを施された大粒の紫水晶《アメシスト》で、蛇をかたどった銀の輪にはめ込まれている。歴代の所有者たちがどんな不幸に見舞われたかを詳しく綴《つづ》った寄贈者からの手紙と一緒に、厳重に保管されている」

「厳重に保管って、まさか本気で呪いを信じてるんじゃ――」

「有名な宝石には『呪い』の逸話がつきものさ。昔はそれが盗難防止になった」

「じゃあ、もしかしたらこのルビーも？」

「さあな。今言えるのは、持ち主のひいじいさんにとっては極めて大事なものだった、ということだけだ。僕に預けたところで、箱を開けてはいけないのなら、できることは何もない。そんなことより、これは何だ？」

男は床のゴミ袋を指差した。何の記載もない押し葉標本や、台紙からはがれ落ちた葉や茎を入れていたものだ。

「何って、ゴミですけど」

「ここにはゴミなどない」

「でも、明らかに不要と判断できる標本は、これを機に処分しろって、うちの部長が――」

「ここでは、どんなものも絶対に捨ててはならない。葉っぱ一枚、紐《ひも》一本もだ」

男がにらみつけてくる。環も負けじと反論した。

「でも、必要なものと不要なものをごっちゃにして放置してたって、何の役にも立たないじゃないですか！　標本というのは、きちんと整理して、コンピューター上でデータベース化して初めて――」

「おたくは何も分かってない」男が冷たく言い放つ。「明日にでも退職願を出せ。あんたのような人間は、博物館に向かない」

「はあ!?」完全に頭に血が上った。「な、なんで初対面のあなたにそんなこと！　だいたいあなたは――」

「箕作《みつくり》だ。箕作類《るい》」

そう名乗った男は、それ以上身分を明かそうとはしなかった。代わりに、環の目を真っすぐ見つめて言った。

「『どんなものも絶対に捨ててはならない』――これは博物館の第一原則だ」

3

「じゃあ、確認するよ」

五十嵐はメモに目を落とし、ボールペンの先でリズムをとりながら読み上げる。

「天河石《アマゾナイト》、トルコ石《ターコイズ》、珪孔雀石《クリソコラ》、蛋白石《オパール》、サファイア、トパーズ、ダイアモンド、碧玉《ジャスパー》、ルビー、瑠璃《ラピスラズリ》。箱の中身が無くなってるのは、以上十個で間違いないね？」

「いえ」浅い引き出しが二十段ばかり並ぶ大きな標本棚の前で、環が応じる。「鉱物名の書かれた空箱はその十個なんですが、それ以外に、何も書かれていない空箱が一つあります」

「じゃあ、全部で十一個ってことね。うち一つは中身不明、と」

ここは「赤煉瓦」の標本収蔵室ニ号。岩石や化石の類いが多く詰め込まれているということだった。

異変に気づいたのは、教育ボランティアの初村だった。「ちきゅう教室」の準備を手伝っていた初村は、イベントで使えそうな鉱物標本を探すために、今朝この部屋を訪れた。その際、引き出しが飛び出たままの標本棚の下に、鉱物が入っていたはずの小さな紙箱がいくつも散乱しているのを見つけたのだ。

五十嵐の研究室に初村が駆け込んできたとき、たまたま環もそこにいた。昨夜出くわしたファントム——箕作類という男について、五十嵐を質問攻めにしていたのだ。

五十嵐の話によれば、箕作は動物研究部の主任研究員でありながら、研究棟にはオフィスを持たず、一人「赤煉瓦」に住み着いているのだという。毎年春になると、新入りの館員が偶然「赤煉瓦」で箕作の姿を目にし、幽霊が出た、謎の男がいた、などと騒ぐのが恒例行事になっているらしい。いつしか誰からともなく、あの変わり者を「ファントム」と呼ぶようになったそうだ。

そのまま環も五十嵐たちのあとについて「赤煉瓦」までやってきたのだが、この部屋に入るとすでに箕作がいた。

箕作は、差し渡し五十センチほどの薄緑色の岩石に腰掛け、さっきからハンカチで何か磨いている。しばらくすると、それを電灯の光にかざし、真剣な表情で光沢を確かめた。キャップに金色のクリップがついた、黒い筆記具だ。万年筆か何かだろう。

箕作はその筆記具をジャケットの胸ポケットに差すと、目の前の木製作業台の方にあごをしゃくった。

「ついでに言っておくと、昨夜からここに置いていた『呪いのルビー』の木箱も、その侵入者に開けられてしまった可能性が高い」

「えーっ!?　そりゃまずいじゃない！」五十嵐が作業台に駆け寄る。「ふたは閉まってるけど……あっ！　留め金が壊れてるじゃん！　はずした拍子に折れたのか。ボロかったもんなあ」

「中身は？　そのルビーも盗まれてしまったんですか？」初村が心配そうに訊《き》いた。

「分かりません。ただ、箱にはまだ何か入っている」

「確かに」五十嵐が耳もとで箱を振る。「感触と音の感じは、昨日と同じだ」

「開けて確かめた方がいいんじゃないですか？」環は五十嵐の方を向いて言った。箕作に話しかける気にはならない。「こちらから親御さんに連絡して」

「それがさあ、陸くんのお父さん、明後日《あさって》まで中国に出張中なんだって。昨夜お母さんから電話があったんだけど、ひいじいさんの石のことはお父さんしか分からないから、帰国するまで待って欲しいってさ」

環は標本棚に手をかけた。「この引き出しから盗まれた鉱物の中にも、ルビーが含まれていましたよね？　小さな紙箱入りのルビーが盗られたのに、陸くんの木箱のルビーが盗られていないなんてことが、あるでしょうか？」

「確かに」初村がうなずく。「木箱にはちゃんと『ルビー』と書いてあるわけだし、どう見てもそっちの方が価値がありそうに見えますよね」

「そもそも、この引き出しの標本は、どういうものなんですか？　ここで放置されてるってことは、貴重なものじゃないんでしょう？」

環の問いに、五十嵐はなぜか申し訳なさそうにうなずいた。「今ざっと見た限り、さほど質のいいものじゃないね。わざわざ盗まなくたって、ショップでもネットでも安く買える」

「紙箱には鉱物名しか書いてないですしねえ」初村が口をはさむ。「プロの研究者の手による標本とは思えないですよ」

五十嵐が頭をかいた。「おそらくアマチュアの鉱物収集家から寄贈されたコレクションか何かだろうなあ。この部屋にはそんなのが山ほどある。うちのコレクション・マネージャーは、処理に困ったものはとりあえず『赤煉瓦』に放り込んどけって人だからね」

「いい加減――」思わず声に出してしまった。コレクション・マネージャーというのは、各研究部に一人ずついる標本の管理責任者のことだ。

五十嵐がなだめるように言う。「まあ、寄贈品をきちんと標本化するのには、なかなか難しい面もあるんだよ。保存状態に問題があったり、必要な情報が不足していたりしてね。この辺りをひっくり返せば、寄贈されたときの手紙やリストも出てくるかもしれないけど」

いつの間にか窓際に移動していた箕作が、初村に訊いた。

「ひとつ確認ですが、今朝あなたがこの部屋に来たとき、ドアに鍵はかかっていましたか？」

「ええ、もちろん。五十嵐さんにお借りした鍵で、開けました」

「だったら、やはりここからか――」箕作は窓を二十センチほど持ち上げた。窓の下半分を押し上げて開けるタイプなのだ。

「その窓、鍵かかってなかったの？」五十嵐が訊《たず》ねる。

「今もかかってますよ。ただ、桟が朽ちていて、こんな風に窓枠の金具ごと持ち上がってしまう。僕もこれには気づいていなかった」

「盗まれるようなものはないからって、ろくに防犯対策してこなかったもんなあ、この建物は」五十嵐が苦い顔で腕組みをした。

箕作が手のほこりを払いながら言う。「僕がここに『呪いのルビー』を置きに来たのは、昨夜九時過ぎです。そのとき室内に異状はなかった」

「賊が侵入したのは、そのあとってことか」五十嵐が言った。「箕作さんは、昨日の夜もここに泊まってたの？」

「ええ。二階で夜中まで仕事をして、そのままソファベッドで寝ました。下でこんなことが起きているなんて、まるで気づかなかった」

夕方五時になって、再び「赤煉瓦」へと向かった。押し葉標本の整理の続きをするためだが、ついでに箕作に伝えることもある。

あのあと、五十嵐が地学研究部長に報告に行った。部長は、鉱物が盗まれたことよりも、建物に不審者が侵入したことを問題視していたそうだ。警察に届けるかどうかは、その場では決まらなかったらしい。

地下通路を通って「赤煉瓦」の一階に出ると、標本収蔵室ニ号の前の廊下が、ほこりにまみれた品々であふれていた。大きな珪化木《けいかぼく》や、脚部だけの黄色い骨格模型が部屋から放り出され、通路をふさいでいる。

巻かれた古い地質図がささった樽《たる》をどかそうと抱え上げると、背後で床板が鳴った。

「おい、バーコードレディ」箕作だった。作業着代わりなのか、薄汚れた白衣をはおっている。

「バーコード？」

「勝手に触るな。それはゴミじゃない」

「分かってますよ！　通れないから片付けようとしただけです！」

以前テレビで見た、自宅をゴミ屋敷にしてしまう人々の言い分を思い出した。この男の家もそうに違いない。

「それより、何なんです？　バーコードレディって」

「おたくの部長なら『キノコマン』、五十嵐さんは『レアメタルマン』、動物研究部長にいたっては『スパイダーマン』だな。大英自然史博物館では、研究者を専門とするものの名前で呼ぶ」

「また大英自然史博物館ですか」籍を置いていたことでもあるのだろうか――。

箕作は無言で部屋に入っていく。中をのぞくと、朝よりも散らかりようがひどくなっていた。ほこりっぽさも増している。

「探し物ですか？」口を手で覆いながら訊いた。

「まあな」箕作は床にかがみ込み、段ボール箱の中を漁《あさ》り始める。「で、用件は何だ？」

「五十嵐さんに伝言を頼まれたんです。さっき、陸くんが学校帰りに展示館に立ち寄ったらしくて。岩手ですって。陸くんのひいおじいさんの出身地」

陸が訪ねてきたら訊いてみて欲しい、と箕作が五十嵐に頼んでいたそうだ。

箕作が顔を上げた。「なるほど。岩手の和賀か」

「和賀？　それって確か、あの木箱に書いてあった――」

「〈和賀〇八ＫＭ〉だ。岩手県和賀地方には、鉱山がたくさんあった。金や銀が出たんだ。ルビーが出るなんて話は、聞いたことがないが」

「わたし、ずっと思ってたんです。あの木箱を開けるのを禁じたことには、もっと実際的な理由があるんじゃないでしょうか。例えば――ルビーじゃなくて、揮発性の結晶が密封されて入っている、とか」

箕作は答える代わりに訊き返してくる。「あの子に、木箱が開けられたかもしれないことは伝えたのか？」

「ええ。中のルビーが盗られていないかどうか、すごく心配していたそうです。でも、やっぱり箱を開けるのだけはダメだって。呪いを本気で信じてるんですね。開けずに中の状態を調べる方法はないのかって、五十嵐さんを困らせたみたいです。あ、そう言えば――」

五十嵐の弱り顔を思い浮かべて、あることを思い出した。

「何だっけ、ガスタルラ……ガスタルダイトか。五十嵐さん、陸くんに『この博物館に〈ガスタルダイト〉はありますか？』って訊かれたらしくって」

「ガスタルダイト――」箕作がつぶやくように繰り返す。

「鉱物だって陸くんは言うんですけど、五十嵐さんも聞いたことがない名前なんですって。箕作さんなら知ってるかなあ、ってぶつぶつ言ってましたよ」

『ヲダルハコダテガスタルダイト』――」箕作が平坦な調子で言った。

「はい？」

「『ハコダテネムロインディコライト』――」

「何ですか？　その呪文」

「宮沢賢治さ。『春と修羅　第二集』にある『函館港春夜光景』という詩の一節だ」

箕作はとうとうと述べ立てる。

「『ガスタルダイト』の解釈については、賢治研究者の間でも長らく謎とされてきた。『ライト』との連想から、何らかの〝明かり〟を意味しているのではないかという説もあったほどだ。しかし、それは謎でも何でもない。『ガスタルダイト』というのは、『グロコフェン』――『藍閃石《らんせんせき》』の大昔の呼び名だよ」

「藍閃石――？」

「光沢のある青みがかった鉱物だ。大正初期の鉱物事典には『ガスタルダイト』で出ているが、ずいぶん前からすっかり死語になっている。五十嵐さんが知らなくても不思議はない。ちなみに、『インディコライト』というのは、リシア電気石とも呼ばれる鉱物のことだ」

「へえ。文学にもお詳しいんですね」嫌みではなく、本気で感心した。

「宮沢賢治は特別だ。彼には博物学者という一面がある。賢治は〝石っこ賢さん〟と呼ばれていて、幼いころから鉱物採集に熱中していた。盛岡高等農林学校では、関豊太郎教授のもとで地質調査もやっている。そこで培われた地学の専門知識は、彼の作品に存分に生きている。というより、むしろ地学は彼の文学世界の根幹をなすものだ」

「ああ、『銀河鉄道の夜』とか?」環はそれぐらいしか知らない。

「とくに、鉱物を使って色彩を表現する場面は非常に多い。おそらく陸くんは、宮沢賢治に親しんでいる。今『ガスタルダイト』という用語に触れるとすれば、賢治の作品中ぐらいしかないからな。あの子のひいじいさんは賢治と同じ岩手生まれ。しかも鉱物マニアだ。賢治好きも、ひいじいさんの影響かもしれない」

　箕作はそこで急に黙り込んだ。作業台に歩み寄り、パイプ椅子に腰掛ける。

　虚空を見つめていた箕作が、おもむろに白衣の胸に手をやった途端、「ない!」と大声を上げた。

「万年筆がない!」唇を震わせて椅子を蹴り、こちらがたじろぐほどうろたえる。

　環も辺りを見回した。段ボール箱の上にツイードのジャケットが放り出してある。環はそれを拾い上げ、胸ポケットから万年筆を抜き取った。

　さっき箕作はこれを熱心に磨いていたが、相当古いものらしく、細かな傷が無数についている。キャップに金文字で名前が彫られていることに気がついた。〈S. Mitsukuri〉――。イニシャルが箕作のものではない。

「ありましたよ。これ、お父様から譲り受けたものか何かですか?」

そう訊きながら手渡そうとすると、箕作は怖い顔でそれを奪い取った。

「何なの!? 感じ悪い」

口をとがらせる環には目もくれず、箕作はパイプ椅子に座り直した。

作業台の上に一列に並べられた十一個の空箱――何者かに持ち去られた鉱物標本が入っていた小さな紙箱――をじっと見つめ、身じろぎもせず考え込んでいる。

しばらくすると、箕作はもてあそぶようにして空箱の順番を並べ替え始めた。並び順が決まると、手近な紙をつかみ取り、万年筆のキャップを外す。

そして、美しい青インクでその紙に英単語のようなものを綴っていった。

4

その二日後、いつものように夕方になって「赤煉瓦」を訪れると、標本収蔵室二号から箕作が顔をのぞかせた。

「ちょうどよかった」まだ探し物を続けていたのか、髪やツイードのジャケットにほこりがついている。手招きする右手には、すすけた白いブロックのようなものが握られていた。

「もうすぐ陸くんが来ることになっている。新館まで迎えに行って、ここへ連れてきてくれ。五十嵐さんと初村さんも一緒に」

「もしかして、陸くんのお父さんと話ができたんですか？」

箕作は「ああ」とだけ言うと、手で追い払うような仕草をした。

新館に向かう途中、五十嵐と初村にはさまれてやってくる陸に出くわした。ランドセルを背負った陸は、どこか不安げな顔をしている。

収蔵室二号に着くと、部屋の前で待っていた箕作が「最初は陸くんと職員だけにして欲しい」と言って、初村を廊下に残した。

四人で部屋に入り、作業台の周りに散らばったパイプ椅子に各々腰掛ける。作業台には、「呪いのルビー」の木箱が置いてあった。

一番奥の席で長い足を組んだ箕作が、陸に向かって言う。

「『呪いのルビー』の正体が分かったよ」

「え？　本当かい？」先に五十嵐が反応した。

「箱、もう開けちゃったんですか？」環もあとに続く。

箕作は二人に目もくれず、優しく陸に笑いかける。

「呪いのことなら心配ない。石を手に取ってみたけれど、今のところ僕の体は何ともないよ。あとで一緒に見よう。君のお父さんも、すべて僕たちに任せると言ってくださったしね」

陸は戸惑ったように何度も瞬《まばた》きをした。

「ルビーは盗まれてなかったの？」

「ああ。君のルビーは無事だった。でもね、ここにあった別の鉱物標本が誰かに持ち去られてしまったんだ。十個もね。そいつは、夜中にそこの窓からこの部屋に侵入したらしい」

箕作はそう言って席を離れ、窓枠に手をかけた。二十五センチほど持ち上げると、窓はそこで動きを止めた。箕作がぐっと力を込める。すると、じわりと動き始めた木枠が軋《きし》んで、驚くほど大きな音を立てた。あまりに不快な音に、環は思わず耳をふさぐ。

箕作はいったん窓を下ろし、もう一度楽に開く位置まで上げた。

「僕はその夜、ここの二階に泊まっていた。僕は眠りが深い方じゃない。これ以上窓を上げて今みたいな音がすれば、絶対に気づくはずだ。五十嵐さん、この三十センチもない隙間を通る自信はありますか？」

「いや、難しいだろうねえ」五十嵐が突き出た腹をさすった。

箕作はまた陸に目を向ける。「通れるとすれば、細身の女性か――あるいは子供かも知れない。僕はそう推理してるんだ」

　陸は固く口を閉じ、せわしなく足をぶらぶらさせ始めた。

　箕作が声を明るくして訊く。

「ところで君、宮沢賢治が好きなんだろ？　ガスタルダイトを見たがってること、聞いたよ。賢治は僕も大好きだ」

　箕作は一つ咳《せき》払いをして喉《のど》の調子を整えると、つっとあごを上げた。

「『──りんどうの花は刻まれた天河石《アマゾンストン》と、打ち劈《くだ》かれた天河石で組み上がり、その葉はなめらかな硅孔雀石《クリソコラ》で出来ていました』」

　心地よく通るテノールが、部屋に響く。

「『黄色な草穂《くさぼ》はかゞやく猫睛石《キャツツアイ》、いちめんのうめばちそうの花びらはかすかな虹《にじ》を含む乳色の蛋白石《たんぱくせき》、とうやくの葉は碧玉《へきぎよく》、そのつぼみは紫水晶《アメシスト》の美しいさきを持っていました──』。この話、知ってるかい？」

　陸はいつの間にか足を揺らすのを止《や》めていた。目を伏せて、かすれた声で答える。

「──『十力《じゆうりき》の金剛石《こんごうせき》』」

「そう。鉱物童話として有名な、『十力の金剛石』だ。王子が大臣の子をお供にして、素敵な金剛石──ダイアモンドを探しに出かける話だね。この童話には、全部で十五種類の鉱物が出てくる。天河石《アマゾナイト》、土耳古石《トルコ石》、硅孔雀石《クリソコラ》、蛋白石《オパール》、サファイア、トパァス《トパーズ》、金剛石《ダイアモンド》、碧玉《ジャスパー》、ルビー、瑠璃《ラピスラズリ》、紫水晶《アメシスト》、猫睛石《キャッツアイ》、琥珀、水晶、霰石《アラゴナイト》。実はね、最近、この十五個の鉱物標本が博物館から無くなってしまったんだ。さっき言ったように、十個はこの部屋から。残りの五個は展示館で持ち去られた」

大人たちの射るような視線を感じているのだろう。陸は顔を上げようとしない。

数十秒の沈黙のあと、ようやく陸が口を開いた。

「――あれは……」

決意のこもった目を、箕作に向ける。

「あれは、僕のものだから。ひいじいちゃんと約束してたんだ。あの十五個の石だけは全部僕にくれるって」

「そうか」箕作は平然と応じた。「そうかも知れない。でもね、黙って持っていかれたら、僕たちだって驚くじゃないか。ちゃんと話してくれればいい。そうだろう？」

話が見えず顔を見合わせる環と五十嵐に向かって、箕作が言う。

「陸くんのひいおじいさん、善一郎《ぜんいちろう》氏は、三年前に九十歳で亡くなった。宮沢賢治と同じ盛岡高等農林学校を卒業されているということもあってか、鉱物と賢治が大好きな方でね。たくさんの鉱物コレクションを遺《のこ》された。それをその息子さん、つまり陸くんのおじいさんが、うちの博物館に寄贈されたんだ。利用できるものが含まれているかもしれないから、とおっしゃってね」

環は陸の様子をうかがった。ふてくされたように、よそ見をしている。

箕作が続ける。「さして貴重なものではないと分かっておられたようだが、捨ててしまうのも忍びなかったんだろう。そのおじいさんも、昨年亡くなられた」

「それは知らなかった」五十嵐が言った。

「おたくのコレクション・マネージャーは覚えていましたよ。詳しい経緯は分かりませんが、学術的な価値はないと判断された善一郎氏のコレクションは、他の雑多な標本と一緒に、そこの標本棚に放り込まれたままになっていた」

「じいちゃんが悪いんだ。僕が知らない間に、勝手に全部博物館にあげちゃって」

陸は口をとがらせたまま、その黒目がちな瞳を揺らした。

「ひいじいちゃんは、いつも『十力の金剛石』を読んでくれた。出てくる石を全部並べて読むんだ。あのお話を読むときは、十五個の石がないとダメなんだ」

本を広げた善一郎氏のかたわらで、陸が鉱物標本を手にとり、天河石《アマゾナイト》と珪孔雀石《クリソコラ》でできたりんどうの花を想像している——そんな光景が目に浮かんだ。

「あれは、ひいじいちゃんと——僕の石だ！」

「そうか」箕作は真顔で陸を見すえた。「だったらそれは君に返さなければいけないね。僕たちの方が本当の持ち主を勘違いしていたのだから。僕から館長に頼んでみよう。でも、夜中にここに忍び込んだりするのは、よくないことだ。そう思わないかい？」

陸はしばらくうつむいていたが、やがてパイプ椅子を降りた。そして、箕作と五十嵐にちらっと目をやって、「ごめんなさい」と頭を垂れた。

箕作は笑顔でうなずき、身をかがめて陸と視線を合わせる。「ところで、頼んでいたもの、持ってきてくれたかい？」

「うん」陸はランドセルを開けて、中からぼろぼろの封筒を取り出した。

そこから箕作が慎重に抜き出したのは、黄ばんだ紙の束だった。朱色の罫線《けいせん》が入った古めかしい用紙が、黒い紐で綴《と》じられている。

「何ですか？」環が訊いた。

「ひいおじいさんのコレクションの目録さ」

「〝宮沢賢治コレクション〟だよ」陸が一転、誇らしげに言う。

「宮沢賢治コレクション!?」五十嵐が大声を上げた。「宮沢賢治が集めた鉱物標本ってことかい？　そんなもの、実在するの？」

「まあまあ」箕作はなだめるように言いながら、冊子をめくる。

最後のページで手を止めて、小さく口笛を吹いた。

「陸くん、これ、誰かに見せたことある？」

「……うん」陸はわずかに逡巡《しゅんじゅん》して言った。「初村さんに見せた。見せて、それに載ってる石が博物館にあるかどうか、教えてもらってた」

五十嵐がいったん陸を廊下に出した。環は扉が閉まるのを確認して、早口で箕作に質《ただ》す。

「ちょっといいですか？　気になることがあるんです」

箕作は無言のままわずかに眉を上げた。環は構わず続ける。

「床に落ちていた空箱は、全部で十一個でしたよね？　陸くんがここから持ち出した鉱物が十個なら、残り一つはどこへ行ったんです？」

「あ、そっか」横から五十嵐が言う。「鉱物名の書かれていない紙箱に入っていた分のことだよね？」

環は素早くうなずいて、箕作に向き直る。

「それに、『呪いのルビー』の木箱を開けたのは、いったい――」

「そんなの決まってるじゃないか」箕作が苦々しげに言い放った。「さあ、今度は初村さんを呼んできてくれ」

部屋に呼び入れられた初村は、訝《いぶか》しげに一同を見回した。

初村がパイプ椅子に腰を下ろすのを待って、箕作が切り出す。

「標本棚の鉱物を持ち去ったのは、陸くんでした。さっきすべて話してくれましたよ」

「ああ……」初村が肩を落として悲しげにうめいた。

「ひいおじいさんの〝宮沢賢治コレクション〟のうち、『十力の金剛石』という童話に登場する十五個の鉱物を取り戻そうとした、と言っています」

「そうだったのですか」目を伏せて小きざみにうなずく。「ひいおじいさんの遺品が博物館に寄贈されたことは陸くんから聞いていましたが……そういうことでしたか」

「陸くんにこれを見せられたそうですね？」簑作が冊子を顔の横に掲げた。

「ああ、目録ですね？　ええ。『ここに載っている石をもう一度見たいんだ』と言って、私だけに見せてくれたんです」

「あなただけに？」

「はい。『ひいじいちゃんの石が博物館にあることは、他の人には内緒だよ』と言っていました」

「内緒？」環が言った。

「ええ。そのときは、なんでそんなことを言うのか分かりませんでしたが……どうやら――」

「陸くんは、密《ひそ》かに標本を取り戻すチャンスをうかがっていたのですよ」

簑作の言葉に、初村が深くうなずいた。

「ボランティアの私になら話しても大丈夫だと思ったのでしょう。もちろん私には、ひいおじいさんの標本の保管場所など分かるはずがありません。ですから、せめて目録にあるのと同じ鉱物が館内のどこで見られるかを五十嵐さんや技術職員の方にお訊ねして、陸くんに教えてやったりしていたのですが……」

初村は膝の上の拳《こぶし》をぎゅっと握った。そして、奥の標本棚の方にあごをしゃくる。

「実を言いますと、そこの標本棚から勝手に拝借した鉱物を、展示館で彼に見せてやったこともあります。もちろんすぐに戻しておきましたが……軽率でした。そういう意味では、彼がここに侵入してしまったのは、私の責任でもあります。申し訳ございません」

「善一郎氏の〝宮沢賢治コレクション〟は、実際にすべてここの標本棚に入っているそうです」

「ということは、私が陸くんに見せたのは、図らずもひいおじいさんの標本そのものだったかもしれないわけですね——。あのう……」初村がそこで声をひそめた。「先ほどから何度も〝宮沢賢治コレクション〟とおっしゃっていますが、それは本当にあの宮沢賢治が集めた石なのでしょうか？　陸くんはしきりにそう言うのですが——」

「あなたはどう思います？」

「さあ、まさかとは思いますが——ひいおじいさんは宮沢賢治と同窓ということですし、もしかしたら、いくつかの標本は賢治ゆかりの——」

「そうですか」箕作が冷たくさえぎった。「それで、魔が差したわけですか」

「はい？」

初村と同時に、環と五十嵐も思わず前のめりになった。魔が差した——？

「つい出来心で、とでも言い換えましょうか？　どちらでも構わないが、とにかくあなたは、標本を一つ持ち去った」

「な、何を——」初村が声を上《うわ》ずらせる。

「持ち去ったって、それ、あの、『呪いのルビー』？」環がつかえながら確認する。さっき箕作は、「呪いのルビー」は無事だった、と言ったはずだが——。

箕作は作業台の脇に立つと、木箱を手元に引き寄せた。

「この箱を開けたのは、初村さん、あなただ。陸くんが開けるはずありませんからね。箱を開けるチャンスがあったのは、僕と、あの朝一人でこの部屋に入ったあなただけです。あなたは、木箱の存在を陸くんに聞いたときから、強い関心を持っていた。なぜなら、それこそ宮沢賢治本人が採集した標本ではないか、と思っていたからです。ふたに〈和賀〇八ＫＭ〉と書かれていますね？〈和賀〉は採取地、〈〇八ＫＭ〉は試料番号だと僕も思っていた。しかし——」

箕作は黄ばんだ冊子を開いた。

「この目録では、少し違った書かれ方をしている。標本リストからぽつんと離れて最後のページに、〈大正八年、ＫＭニヨリ、和賀ニテ。昭和二十五年、複製ヲ作製ス〉という覚え書きのような一文がある。つまり、大正八年に〈KM〉なる人物によって岩手県和賀地方で採取されたものである、とも読める。大正八年は賢治が盛岡高等農林学校に研修生として在籍していた時期だ。しかも、善一郎氏は昭和になってからわざわざ複製《レプリカ》まで作っている。これは、よほど貴重なものに違いない――」

「つまり、〈KM〉というのは――」環がたまらず口をはさむ。

箕作は初村から目を離さずにうなずいた。「あなたは、それが宮沢賢治のイニシャルだと考えるようになった。そして一昨日のあの朝、あなたはここで、開けっ放しの引き出しと、床に散乱した空箱を発見した。おそらくピンときたはずです。これは陸くんの仕業だ、と。あなたは、陸くんがそれまでにも展示館で標本を――ひいおじいさんのかつての所蔵品を持ち去っていたことを、知っていたのではありませんか？」

初村は無言で首を振った。もう誰とも目を合わせようとしない。箕作が続ける。

「そして、この作業台の上に木箱を見つけたあなたは、我慢できずにふたを開けた。誤って留め具を折りましたね？〝呪い〟が気になって指が震えましたか？」

箕作はそこで一同の顔を見渡した。

「では、箱の中を確かめてみましょう」

環は慌てて席を立ち、箕作のそばに寄った。五十嵐もすぐ隣に来ている。初村だけが椅子から動かなかった。

箕作が右手でそっとふたを開く。中に入っているのは名刺大の紙包みだった。どういうわけか、真っ黒な紙が使われている。何重にもなった包みを、丁寧にほどいていく。

包み紙だけなんじゃないか――環は息をするのも忘れていた。

しかし、それはついに姿を現した。小指の先ほどの大きさの結晶。完璧な平面で囲まれた、しかし形はいびつな、美しい多面体だった。

「これ……ルビー？」気の抜けたような声になった。「でも、色が……」

ルビーならば赤いはずだ。だがこの結晶は――黒い。

「初村さん」箕作は結晶をそっと箱に戻した。「あなたも彼女と同じように思ったはずだ。これはルビーじゃない、と。だがあなたは、目録の情報をもとに、こう判断した。これはルビーのレプリカに違いない。黒ずんだ出来の悪い複製だ。何かの手違いでレプリカの方が木箱に残り、本物が博物館に寄贈されてしまったのだ――。あなたは陸くんが開けた引き出しの中を漁った。すると、果たしてそこに、まったく同じ形の真っ赤な石があった」

「それが、十一番目の空箱の中身――」環がつぶやく。

「ですが残念ながら、あなたが持ち去った赤い石は、ルビーではない。練りガラスを固めた偽物です。赤く美しい石がレプリカで、この黒くくすんだ石が本物なのです」

「レプリカに本物と違う色をつけるなんて……どういうこと？」

顔をしかめる五十嵐に、箕作が告げる。

「そもそも、この鉱物はルビーではありません。『ルビー・シルバー』です」

「ルビー・シルバー!?」五十嵐が声を裏返した。「『プルースタイト』か！　日本でもこんな大きな結晶が出るんだ！」

「そうか」環は木箱に手を伸ばし、ふたの表書きを見直す。「この〈ルビー〉のあとには、〈シルバー〉と書いてあったんですね」

箕作はどこか悲しそうに結晶を見下ろした。「ルビー・シルバーというのは俗称で、正式名称は『プルースタイト』――『淡紅銀鉱』。銀とヒ素と硫黄《いおう》の化合物で、本来は血のような赤色をもつ非常に美しい鉱物です。ただ残念なことに、この鉱物は光にさらされると色が変わっていく。ここにある淡紅銀鉱のように、残酷なほど黒く――」

「だから〈開封厳禁〉だったんですね。光に当てないために。鉱物好きの幼いひ孫がいたずらに箱を開けたりしないように、呪いのお話まで作って。外に出せないから、せめてもの観賞用にレプリカを作った」

環の言葉に、箕作もうなずく。

「だが、こうして黒くなってしまっているということは、善一郎氏も知らないうちに、陸くんのおじいさんかお父さんが、おもちゃにしてしまっていたんだろう」

初村の顔からは完全に血の気が引いていた。黙って膝の上の拳を見つめる初村に、箕作が淡々と告げる。

「善一郎氏は、宮沢賢治の標本を持っていたわけじゃない。賢治の作品に登場する鉱物を自分で集めていたんです。それが〝宮沢賢治コレクション〟。賢治が採集した岩石や鉱物は、わずかに十六点が岩手大学に残っているだけで、あとはすべて散逸した。もし見つかれば価値はあるでしょうがね。いずれにせよ、あなたが盗ったのはただのガラス玉だ。金にはなりませんよ」

沈黙を続けていた初村の唇が、かすかにひくついた。

「ぬ、盗んだわけじゃないんです……あれがどういうものか、調べる必要があると……」

苦しい言い訳の途中で、初村はがたがたと膝を震わせ始める。

「あ、あの石は、すぐにお返しします……それで、あの、どうしたら……どうしたら、許してもらえるのでしょうか……」

十歳の陸でも分かるようなことが、分からないのか。ただ怯《おび》えるだけの男を見ていると、環は我慢できなくなった。

「まずは陸くんに謝ることではないでしょうか」唇が勝手に動いた。

隣の箕作から好奇を含んだ視線を感じるが、言葉が止まらない。

「自分の盗みも陸くんがしたことにすればいいと思っていたのだとすれば、なおさらです」

「赤煉瓦」に向かう途中、陸と一緒になった。

今日も〝宮沢賢治コレクション〟を物色に来たらしい。彼の欲しいものは持ち帰っていいということが、先週の部長会議で正式に決まっていた。

「今日のお目当ては何？」

「今ちょっと考え中。でも、何も持ってかないかもしれない」

「どうして？」

陸は照れたように笑って答えない。

結局、警察沙汰にはならなかった。そんなことになれば、陸のしたことも公の場に持ち出さざるを得なくなる。要は教育的配慮がなされたということだ。初村はすでに教育ボランティアを辞していた。

標本収蔵室二号をのぞくと、箕作がいた。大量のアンモナイトの破片に取り囲まれるようにして、床に座り込んでいる。ばらばらになった化石をつなげようとしているらしい。

「どうするか決めたか？」箕作が丸みを帯びたかけらをにらんだまま言った。

「まだ考え中」陸はずかずかと部屋に入っていく。

「見ろ」箕作はポケットを探り、小さなプラスチックケースを差し出した。陸がふたを開けると、一センチあるかないかの結晶が入っていた。透明な薄紫の八面体だ。

「蛍石《フローライト》だ。これを見つけたとっておきの場所がある。日帰りで行けるところだ。興味があれば、連れていってやってもいい」

「ホント!?」陸は本当に飛び跳ねた。「やっぱり、ひいじいちゃんの石はもういい。これからは自分で集める。僕の〝宮沢賢治コレクション〟」

「そうだな。その方がずっと面白いぜ」

そういうことか。それにしても、子供ってこんな風にも顔を輝かせるんだ——。新館のアトラクションの前で騒ぐ子供たちの表情とは、少し違って見えた。

廊下の環に向かって、箕作が唐突に言った。

「まだここを辞める気がないのなら、そこのバーコードレディもついて来た方がいい。コンピューターの前に座っていたって一生分からないようなことが、分かる」

「それはどうもご親切に」環は小首をかしげてわざと慇懃《いんぎん》に応じると、箕作をにらみつけた。

「ところで、そのバーコードレディっていうの、やめていただけません？　バーコードなんて、薄毛のオジさんのあだ名みたい」

「気に入らないなら、『アルゴリズムウーマン』になるが、いいか？」

「どっちもお断りです。前から気になってたんですが、そういうご自分は、いったい〝何マン〟なんです？　ご所属が動物研究部だというのは聞いてますけど」

「僕か」箕作は真剣な面持ちを崩さない。「僕は、博物学者だ」

「はあ？」この時代に臆面もなく〝博物学者〟を自称する人間など、初めて見た。

現代の自然科学において、「博物学」という学問分野はもう存在しない。もちろん、「博物学科」を設置している大学もない。あらゆる自然物の収集と分類を目指した博物学は、自然科学の発展とともに、動物学、植物学、地質学などの分野に解体されてしまった。学問の細分化は、現在もますます進む方向にある。森羅万象《しんらばんしょう》に精通した「博物学者」など、今や歴史上の存在でしかない。

「わたしみたいにプログラミングしかできない〝専門バカ〟を、バカにしてるんですか」環は腕組みをして言った。「それとも、自分には知らないものはないとでも言いたいわけですか」

「知らないものだらけに決まっている。だからこそ、名前のないものがあれば、名前をつけたい。名前しかないものがあれば、それがどんなものか知りたい。名前も中身も分かっているものがあれば、どうしてそうなのかを知りたい。ただそう思っているだけだ。おたくの属性についても、まだバーコードレディだということしか知らないからな。興味はある」

「人のことは分類したいくせに、ご自身は分類されたくないんですね」

うっすら笑みを浮かべながら、思い切り嫌みたらしく言ってやった。

そのまま踵《きびす》を返そうとして、思い出した。

「そう言えば、箕作さん。一つお訊きしたかったんです」

「何だ？」

「あのルビー・シルバーにレプリカがあるってこと、陸くんが持ってきた目録を見る前から知ってたんですよね？　目録は確認に使っただけで。じゃないと、あんなにすぐ真相に気づくはずないですもん。どうして分かったんです？」

箕作は億劫《おっくう》そうに立ち上がり、標本棚の一番下の引き出しを開けた。取り出したのは、小さな白いブロック――確か、あの日箕作が手にしていたものだ。

手渡されたブロックは、環の手の中でまっ二つに割れた。断面には〈和賀〇八ＫＭ〉の文字、中心には小さなくぼみがあった。

「もしかして、これ――」

「レプリカを作ったときの石膏型《せっこうがた》だ。〝宮沢賢治コレクション〟が寄贈されたときの添付資料がないか探し回っているときに、棚の奥で見つけた。陸くんのじいさんが、この石膏型もひいじいさんのコレクションの一つだと勘違いして、一緒に送りつけてきたらしい」

今度は箕作が得意げに微笑んだ。

「分かるか。ここでは、どんなものも絶対に捨ててはならない」

ベラドンナの沈黙

1

標本収蔵室ロ号に入ってきた箕作《みつくり》は、目の前の惨状を見て眼鏡を持ち上げた。

「どうしてこんなことになった？」

全長三メートル近くあるイルカが、胴の継ぎ目のところで上半身と下半身とに割れ、床に転がっている。博物館の展示室からはとうの昔に引退した、ほこりまみれの模型だ。塗装はすっかり剝げ落ちて、乳白色の樹脂の肌が露《あら》わになっている。

環は、打ちつけた腿《もも》をさすりながら、奥の棚の最上段を指差した。

「あそこの木箱を取りたくて脚立《きゃたつ》に乗ろうとしたら、バランスを崩しちゃって……落ちた拍子に、イルカの支持台に思いっ切り体当たりを――」環はそこで上目遣いに箕作を見た。「あのう……これって、イルカでいいんですよね？」

そう訊ねたのは、模型の形が環のイメージする〝イルカ〟とはずいぶん違って見えたからだ。イルカショーでジャンプを披露するイルカたちは、見事な流線形の胴体と、くちばし状に長く突き出た口を持っている。ところがこの模型の動物は、額の部分が丸くふくらんでいて、くちばしらしきものもない。イルカにしては体全体がずんぐりしているのだ。

「これは『*Delphinapterus*《デルフィナプテルス》 *leucas*《レウカス》』——『シロイルカ』だ。『ベルーガ』と呼ばれることもある。ずいぶん出来の悪い模型で、不正確なところも多いがな」

「あ！」環は手を打った。「あの愛嬌《あいきょう》のある顔をしたイルカか！　テレビで見たことあります。水族館で、口から空気を輪っかみたいにして出す芸をしてました。賢いイルカですよねえ」

「おい」箕作が環に冷たい一瞥《いちべつ》を投げる。「恥ずかしいから、イルカ、イルカと連呼するのは止《や》めろ。『ハクジラ』と言え」

「ハクジラ？　これ、クジラなんですか？」

「本気で言ってるのか？」箕作の目にあからさまな軽蔑の色が浮かぶ。「分類学的には、いわゆる〝クジラ〟と〝イルカ〟に違いはない。小型のハクジラのことを、俗に〝イルカ〟と呼んでいるだけだ。シロイルカは、ハクジラの仲間としてはそれほど小さくない」

「はあ。すみません、勉強不足で」

　不服そうにつぶやく環を尻目に、箕作は床の上のシロイルカに近づいた。

「勉強不足な上に、とんだ粗忽者《そこつもの》だな」

「……すみません」

「コンピューターばかりいじっているから、こんなことになるんだ」

箕作の吐き捨てるようなもの言いに、環もついに開き直った。

「そうですよ！　どうせわたしは粗忽で不器用です！」両の拳を握りしめて言う。

「学生のときだって、授業でやらされた実験は、わたしのせいでことごとく失敗しましたよ！　だからコンピューターを相手にしてるんです。手先が不器用でも、コンピューターはちゃんと答えを出してくれますからね」

進路を決める際に実験系の科学を除外したのは、コンピューターが好きだったからだけではない。自分の不器用さをよく分かっていたからだ。高校時代、化学の教師からは「フラスコクラッシャー」というあだ名をつけられ、理科準備室への出入りを禁じられていた。

環はすねたように続ける。「だいたい、そこまで目くじら立てることないじゃないですか。用済みのガラクタが壊れたぐらいで」

「何度言わせせる。ここにはガラクタなどない」箕作は眉一つ動かさない。「それに、なんであの棚の木箱が要るんだ？　お前の仕事は、植物標本の整理だろう？」

「だから、何が入っているか分からない箱は、とりあえず開けてみないと。見て見ぬ振りは、片付けの大敵です」

「おたくのキノコマンも、建物中をくまなく探せとまでは言ってないだろうが」キノコマンというのは、植物研究部長のことだ。

「こっちだって何度も言ってますが、整理するなら徹底的にやりたい質《たち》なんで」環は唇をとがらせた。

「とにかく」箕作が怖い顔でにらみつけてくる。「大した用もないくせに、むやみに収蔵室を漁《あさ》るな」

「はあ？」環は一歩詰め寄った。「ここのガラクタは、全部箕作さんのものなんですか？　違いますよね？　あなたにそんなこと言われる筋合いはありません。それとも、収蔵室を漁られて何か困ることでもあるんですか？」

箕作は真正面から環を見下ろし、ふと目をそらした。

「そもそも、この部屋に植物標本はない」

「それが違うんだなあ」環は勝ち誇ったように微笑んで、床にしゃがみ込んだ。足もとにある段ボール箱のふたを開けて言う。「ほら、見て下さい」

詰め込まれているのは「押し葉標本」の束だ。プレスして乾燥させた植物をＡ３サイズの台紙に貼りつけたもので、維管束植物の乾燥標本としてはもっとも一般的な形だという。

箱の中身を認めた箕作が、わずかに眉を上げた。

「そんなもの、どこにあった？」

　環は床に横たわるシロイルカの下半身を指差した。「模型のお腹の中です。内部が空洞になっていて。もともと、胴体の継ぎ目はテープで仮留めされていただけだったみたいですよ」

「誰がこんなところに……」楕円《だえん》に近い断面に大きく開いた穴をのぞき、箕作がつぶやく。

「やっぱり、ここに隠したということなんでしょうねえ」

　環は紐で縛られた標本の束を段ボール箱から取り出した。三十枚はある。紐を解き、上から数枚を箕作に手渡して言う。「それにしても、器用に押し葉にするもんですね。わたし、こういう作業が一番苦手」

　箕作は台紙の隅に貼られたラベルを指でなぞる。種名や採集時のデータが記されたものだ。

「確かに手慣れている。採集データの記載もしっかりしているが、どれも標本番号だけがついていない。未登録標本だな」未登録標本とは、博物館の標本リストに入っていない整理前の標本のことだ。

「全部同じ種《スピーシーズ》ですね。ナス科の『*Solanum streptopetalum*《ソラヌム ストレプトペタルム》』——聞いたことないなあ」

学名は二つの単語を組み合わせた「二名法」という方法でつけられる。この方法は、「近代分類学の父」と称されるスウェーデンの博物学者、カール・フォン・リンネによって体系づけられた。

一つ目の語は属名――この場合はナス属を意味する「*Solanum*《ソラヌム》」――で、頭文字を大文字にするのがルールだ。二つ目の語は種を表す種小名。その生物の際立った特徴や人名にちなんでつけられることが多い。箕作の言うところによれば、「*streptopetalum*《ストレプトペタルム》」は「ねじれた花弁の」という意味の形容語ということになる。

筒状だったと思《おぼ》しき白い花はプレスされてしまっているが、花弁がねじれていることは確かに見て取れた。茎は白い産毛のようなもので覆われていて、所どころに小さなトゲがある。

「採集地はコスタリカ」箕作がラベルの文字を目で追う。「中米の固有種かもしれんな」

「採集日は二〇〇九年八月。わりと新しい標本ですね」

「採集者は〈Reiji Furusawa〉――あの古沢《ふるさわ》か」

「お知り合いですか?」

「以前うちで研究員をしていた。三年ほどでよそに移ったが」

「その人が辞めるときに標本をここに隠していったってこと？　なんでそんなこと……」

「標本はこれで全部なのか？」箕作が段ボール箱の方にあごをしゃくる。

「いえ、もう一つ束があります」箱の底からそれを取り出した。「でもほら、今のと同じ植物ですよ」

「こっちの束はラベルさえ貼ってないじゃないか。名無しの標本だ」

「標本作りを途中で止めたんですかね。同じ標本ばっかりこんなに要りませんもん」

「ふん」箕作があきらめたような声をもらした。「こいつは、『ベラドンナ』だな」

「ベラドンナ？　全然違うでしょ？　あれもナス科だけど、花はくすんだ紫色ですもん」

「そうじゃない。宮前《みやまえ》のことだ」

「ああ、葉子《ようこ》さん」

「この標本、一度あいつに見てもらえ」

「そっか。ナス科の専門家ですもんね。それはそうと、葉子さんの『ベラドンナ』ってあだ名、もしかして箕作さんがつけたんですか？　わたしの『バーコードレディ』とはえらい違いじゃないですか。えこひいきですよ」

「僕じゃない。誰からともなく言い出した。お前、中庭を見たことないのか？」

「ありますよ。いろいろ植わってますよね。ナス科の植物の名前、あそこで結構覚えたんです」

宮前葉子は、研究棟に囲まれた中庭に彼女だけの植物園を造っている。育てているのはすべてナス科の植物で、中でもひと際目を引くのが、大量のベラドンナだった。

「ベラドンナの花はパッとしないけど——」環はうっとりと目を細める。「葉子さんは本当にきれいですよねえ。まさに『bella donna』——『美しい婦人』ですよ」

「はん」箕作が口の端を歪《ゆが》めた。「誰もそんな意味で呼んでいない」

「だって、誰が見たって美人でしょ？　こないだ博物館に遊びにきた先輩なんか、葉子さんとすれちがったあと、『あのソフィー・マルソーそっくりな女は誰だ？』って騒いでましたよ」

「あいつは、ナス科に魅入られている」

「『魅入られている』って、何その言い方」国立自然史博物館の研究員ともなれば、それぞれの研究対象に取りつかれているのが普通だ。

「ナス科の植物というものは本来、体内にアルカロイドを含む毒草だ。一方で、アルカロイドの毒性は、医薬や麻薬として利用できる薬理作用も併せ持っている」

「はあ」話がどこへ進むのか、見えない。

「『ベラドンナ』——『*Atropa*《アトロパ》 *belladonna*《ベラドンナ》』は本草学の時代からよく知られていた薬草

だが、毒性も強い。とくに、トロパンアルカロイドであるアトロピンという猛毒を含んでいるんだ。こいつは副交感神経を麻痺《まひ》させて異常興奮を引き起こす他に、散瞳《さんどう》作用もある」

「散瞳作用？」

「瞳孔《どうこう》を拡張させるんだよ」箕作は指で右のまぶたを持ち上げた。「ルネッサンス期のイタリアでは、ご婦人方がベラドンナの葉や実の汁を点眼して、目を大きく見せたらしい」

「もしかして、それが『ベラドンナ』の名前の由来ですか」

「美の追求もいいが、一歩間違えば失明する。かの華岡青洲《はなおかせいしゅう》の妻が麻酔薬の実験過程で失明したのも、『通仙散《つうせんさん》』に含まれていたアトロピンのせいだ」

「へえ、そうなんだ」

「古来ベラドンナは〝悪魔の草〟とも呼ばれてきた。西洋の魔女はとくにこの毒草がお気に入りで、日々手入れに勤《いそ》しんでいたそうだ」

「魔女だとか、魅入られてるだとか、ホントひどい」

「だが、あいつの毒草園には呪力のありそうな植物がそろってるぜ」箕作は冗談とも本気ともつかない調子で言うと、押し葉標本を環に突き返した。「とりあえずこれだけ持って宮前のところに行ってこい」

「え？　今からですか？」腕時計に目を落とした。もう夜九時を回っている。

「この時間ならまだどこかにいるだろう。研究室にいなかったら——」

「ハーバリウムですか？」葉子は研究室よりも植物標本室《ハーバリウム》にいることの方が多い。

「あるいは、中庭だ」

「植物園？　真っ暗ですよ？」

「違う。こっちだ」箕作は唇の前で指を二本立てて見せた。「あのベラドンナは、ゆったりと毒を喫《の》むんだよ。仕事終わりには必ず」


押し葉標本を手に、研究棟の通用口から中庭に出た。

中庭の中央は、テニスコート二面分ほどの広さの緑地になっている。建物の窓から漏れ出る明かりを頼りに、環は緑地の縁を回って進む。ジーンズの腰に、クコの木の枝先が触れた。

この緑地が葉子の植物園だ。初めは植え込みの隅にヒヨドリジョウゴを植えただけだったらしいが、許可も得ぬまま拡大を続けた彼女の領土はいつしか緑地を完全に占拠したそうだ。

暗い中庭の隅、灰皿スタンドが置かれた喫煙スペースに、その姿があった。ベンチで長い足を組む葉子の白衣と、かすかに立ち上る紫煙が、そばに立つ防犯灯の光を反射している。

環の姿に気づいたのか、葉子がタバコを唇から離し、訝《いぶか》しげに目を細めた。ただそれだけの仕草が、絵になる。褐色の長い髪に彫りの深い端整な顔立ち。白人の血が入っているわけではないようだが、まるでフランス映画の一コマを見ているようだった。

「珍しいじゃない。あなたも吸うの？」

やや鼻にかかったアルト。吐息にタバコの香りが混じる。

「研究室にうかがったら、鍵がかかっていたので。地下のハーバリウムにもいなかったら、たぶんここだろうって、箕作さんが」

「どうせ、わたしはここで毒を喫んでる、とでも言ったんでしょ」

「すごい。箕作さんのこと、よくお分かりなんですね」

「大学の同期なの。あの陰気な男とは」

「そう、だったんですか……」葉子には年齢不詳なところがあったが、もう四十近いとは思っていなかった。

「それにしても、意外ね。あなたがファントムと親しくしてるなんて」

「親しくなんてしてません！」思わずむきになった。「こっちは、できれば関わり合いになりたくないんです。あんな偏屈な男」

「そうね。陰気で偏屈。でも博学よ」

「自分のことをえらそうに〝博物学者〟なんて言っちゃって。懐古趣味だか何だか知りませんけど、あんなのただの〝捨てられない男〟じゃないですか」

「あなたは〝捨てる女〟なわけね」葉子が憂いを含んだ微笑を向けてくる。「でもダメよ。女が勝手に男のものを捨てては」

「え――」何が言いたいのか、よく分からない。

「あの『赤煉瓦』の番人のものは、とくにね」

「はあ」環は浮かない顔で答えた。「そもそも、あの人はなんであんなところに住み着いてるんです？」

「さあ」葉子は肩をすくめた。「人と付き合うのがわずらわしいのかもしれないし、単に『赤煉瓦』で昔の標本に囲まれていたいだけかもしれない。もしかしたら、他に何か理由があるのかもしれない」

　立ち上がった葉子にまとわりついた煙が、環の鼻をくすぐる。

「そのタバコ、すっごくいい香りがしますね」いつも忌み嫌っているタバコの臭いとはまるで違う。香ばしさに加えて、爽《さわ》やかさすら感じる。

　葉子は目の前の植物に歩み寄った。みずみずしい黄緑色の大きな葉が腰の高さまで何枚も重なっている。葉子は茎の先端で開きかけた花芽をためらいもなく摘み取った。

「こうして花を摘んでおかないと、葉が成熟しない。『*Nicotiana tabacum*《ニコテイアナ タバクム》』の葉は、もともと香りのいいものよ。添加物がたっぷり入った工業製品のタバコとは違う」

「え？　そこの一画、葉タバコなんですか？」この植物園にあるとは知らなかった。

「おかしい？　『*Nicotiana tabacum*《ニコテイアナ タバクム》』だって、ナス科の植物よ」

葉子はやや肉厚の唇からタバコを離し、指でつまんで見せた。

「それに、向こうに植えたハーブも何種類か混ぜてある。香りづけにね」

「混ぜてあるって……まさかそれ――」よく見れば、葉子の吸っているタバコにはフィルターらしきものがついておらず、形もいびつだ。「自分で作ったんですか？」

葉子が無言で目じりを下げ、どこか少女のような表情を見せる。

葉タバコの栽培自体は問題ないが、一般人が喫煙用タバコを製造するのは違法だったはずだ。そもそも、乾燥や熟成には相当な知識と時間が必要に思える。

「ファントムに言ってやって。薬は毒。毒は薬よ」葉子はわずかに顔を背け、細く煙を吐いた。「でもね、植物たちにとっては、そんなのどっちだっていい。大事なのは、彼らが進化の過程で信じられないほど創意に富んだ複雑な化学物質を次々と体内に作り出し、必死に武装してきたということ。例えばこの『*Nicotiana tabacum*《ニコテイアナ タバクム》』のニコチンは、それを食べた小動物の筋肉を麻痺させる。それに、これ――」

葉子は右手に数メートル進んで、細長いつぼみをたくさんつけた高さ一メートルほどの植物に近づいた。

「ダチユラ、ですか？」

「『*Datura metel*《ダチユラ　メテル》』よ。あなたも博物館の人間なら、種名にはもっと厳格になった方がいい。理解は区別することから、区別は名前をつけることから始まる」

「すみません……勉強不足で」環は首をすくめた。態度も言うことも、どこか箕作と重なる。

「どんな種《スピーシーズ》にも、その種にしか語れない物語がある。それをないがしろにするのは不遜な態度よ。新しい種が見つかったら、それが他のすべての種とは異なる道をたどって生き延びてきたのだということを、ちゃんと認めてやらなきゃならない」

「名前をつけて、ですね」

聞いた話では、葉子はもう何度も中南米に足を運び、フィールドワークをおこなってきたという。中南米はナス科ナス属の野生種の宝庫なのだそうだ。葉子はこれまでにナス属の新種を三種発見し、命名している。

葉子はダチユラの葉を撫《な》でて、続ける。

「この『*Datura metel*《ダチユラ　メテル》』に含まれるアルカロイド類は、それを摂取した動物の脳を狂わせて、幻覚を見せる。あっちに生えている『*Scopolia japonica*《スコポリア　ジヤポニカ》』も同じ。ここにはないけれど、動物を酔わせて病みつきにさせる植物もある。例えば、ネコ科が強い反応を示す『Actinidia《アクティニディア》 polygama《ポリガマ》』――」

「それってもしかして……マタタビ？」

「人間を虜《とりこ》にするものだってあるわ。『Cannabis《カンナビス》 sativa《サティバ》』とかね」

「ああ……」その学名は環も知っていた。アサ属アサ――要は、マリファナのことだ。

「そういう植物はタブー？　猥雑《わいざつ》？　禍々《まがまが》しい？　大きなお世話だわ。可憐《かれん》な植物を集めることに興味はないの。ここの植物たちは、美しさなんかに頼らず生き抜いてきた。なりふり構わず、生きる力をむき出しにして。昔の人たちは、この子たちのもつ力をもっとフェアに認めていた。シャーマンや魔女はとくにね」

「魔女、ですか」思わず反応してしまった。

「ファントム、わたしのこと魔女だって言ってなかった？」

葉子が顔を近づけてきた。奥に生えている大量のベラドンナを指差しながら、妖艶に微笑む。

「あなた、きれいな顔をしているけれど、ちょっと地味ね。そこの『Atropa《アトロパ》 belladonna《ベラドンナ》』を分けてあげるから、しぼって目に注《さ》してみる？」

「いっ」環は思わずのけぞった。「いえ、遠慮しておきます」

葉子はベンチに戻り、灰皿でタバコをもみ消した。

「で、何？　わたしに用があったんでしょ？」

「あ、そうでした。これ――」押し葉標本の束を葉子に手渡した。そばの防犯灯のおかげで、台紙の記載も読み取れる。『赤煉瓦』でほこりをかぶっていたシロイルカのお腹の中から出てきたんです」

「シロイルカ？」葉子が眉根を寄せた。

「大昔の模型です。ほら、ラベルに名前がある古沢って人？　この人がそこに隠したんじゃないかと思うんですけど、どういう事情か心当たりありませんか？」

黙って標本をめくっていた葉子が、どこか硬い声で訊いた。

「池之端さん。あなた、これファントムに見せた？」

「え？　ええ、見せましたけど……。ていうか、葉子さんに相談してみろって言ったのは、箕作さんなんです」

「そう――」

その言葉を最後に、ベラドンナは沈黙した。

2

「――なるほど」

ソファベッドに寝そべった箕作が、眺めていた古い図鑑を胸に載せた。

ここは「赤煉瓦」の二階、箕作が普段寝起きしている部屋だ。ガラクタが散乱し、足の踏み場がないのは一階の標本収蔵室と変わらない。壁面を埋めた書棚はもちろん、床にも古書や洋書の類いが山と積まれている。

「昨夜はそれっきり。何を訊いても返事すらしてくれませんでした」

「古沢玲司《れいじ》には、もう関わりたくないということか」

「何かあったんですか？　二人の間に」

「婚約していた。破談したがな」箕作はこともなげに言った。

「はい!?」一瞬で背中に汗がにじんだ。「ちょっ、先に言ってくださいよ！　元婚約者だって知ってたら、古傷に触れるような無神経なことしなかったのに！」

「気にするな。あいつはそんなヤワな女じゃない」

呆《あき》れ顔の環を尻目に、箕作は億劫そうに体を起こした。そのまま流し台に向かうと、サーバーのコーヒーを二つのマグカップに注ぎ、一つを環に差し出す。

受け取ったカップに口をつけ、言ってみた。

「無神経ついでに、訊いてもいいですか？　言えないなら、構いませんけど」

「破談の理由か？」箕作の口ぶりはどこまでも無遠慮だ。

「ええ、まあ」訊いた環の方が口ごもる。

「僕は何も知らない。『わたしはジュリエットにはなれなかった』——破談について宮前が僕に語ったのは、それだけだ」

「ジュリエットって、『ロミオとジュリエット』の？」

「他に何がある」箕作は口の端をゆがめた。「自分をしれっと悲劇のヒロインになぞらえるとは、さすがベラドンナだと思ったよ」

「でも葉子さんなら、許せちゃうなあ」

「ジュリエットの台詞《せりふ》で、一番有名なのは何だ？」

「うーん。あ、『ああ、ロミオ。あなたはどうしてロミオなの？』とか？」一応台詞っぽく言ってはみたが、身振りをつけたりするのはやめておいた。

「惜しい。同じキャピュレット家のバルコニーでの場面だが、その少しあとだ」

「分かりませんよ、そんなの。それに、どれが一番有名かなんて人によるんじゃ――」

「『名前が何だっていうの？』」箕作が突然両手を広げ、珍しく声を張り上げた。「『わたしたちがバラと呼んでいるものは、他の名前で呼んだって同じ甘い香りがするわ』」

「それ、聞いたことあります。でも、葉子さんが聞いたら激怒しそうな台詞ですね。昨日わたしも注意されました。もっと種名に厳格になれって」

「ジュリエットと違って、あいつはとにかく〝名前〟にうるさいからな。名前に関わることが破局の原因だったとしても、さもありなんといったところだ」

「名前に関わるって――お互い名字を変えられないとか、婿養子になれとか、両家の格が違い過ぎるとかいうこと？」

「だから僕は知らないと言ってるだろう。どれもこれも想像に過ぎん」

「古沢って人、婚約解消してすぐに博物館を辞めたんですか？」

「数ヶ月後だったはずだ。今は都内の大学の薬学部で准教授におさまっている」

「薬学部？」植物の研究者だとばかり思っていた。

「古沢はもともと薬学の出身なんだ。薬用植物から創薬のためのシード分子を探すのが本職でね。宮前とは一緒にフィールドにも出ていたし、共著の論文も数編あるが、おそらく彼は植物そのものに興味があるわけじゃない。古沢にとって、植物はあくまで薬用資源だ」

「ふーん。そういうことか」

「おたくの部長から聞いたんだが、来週研究室の秘書さんと結婚式を挙げるらしい」

「ジューン・ブライドですか。葉子さん、そのこと知ってるのかな」

「さあな。キノコマンは式に招待されたと言っていたが。そんなことより――」箕作はコーヒーをすすって話を打ち切った。「一つ頼みがある」

箕作はマホガニーの書斎机に歩み寄り、そこに積まれた紙の山から一枚つまみ上げた。例の押し葉標本だ。昨夜葉子のもとに持参したもの以外は、段ボール箱ごと箕作に預けてあった。

「この『ねじれた花弁のナス』なんだが、これについて書かれた最近の論文がないか、調べてみてくれ」

「あの押し葉標本のことだったら、他をあたって」

地下の植物標本室《ハーバリウム》から出てきた葉子をつかまえることができた。立ち去ろうとする葉子に追いすがり、環は言った。

「違うんです。ひと言謝りたくて。わたし、その、知らなかったものですから……」

「いいのよ、そんなこと。気にしてない」葉子は白衣のポケットに両手を入れたまま、階段を上り始める。「箕作から聞いたでしょ？　古沢は来週結婚するの」

「やっぱり、それもご存じだったんですね」

「古沢とはたまに連絡を取ってる。彼から研究の相談を受けることもあるし。そうだ——」

葉子は階段の踊り場で立ち止まり、振り返った。

「ちょっと付き合わない？　意見を聞きたいんだけど」

わけも分からないまま、葉子に続いて中庭に出た。

植物園の中央へと続く小道を進み、アシュワガンダとキダチトウガラシの間を抜けると、小さなビニール温室が見えてくる。かすかに透けて映る植物は、周囲よりカラフルだ。

「この温室、前からちょっと気になってたんです。何が育てられてるんだろうって」

「ここまで入ってくる人は、まずいないからね」葉子が入り口のビニールを巻き上げた。

「どうぞ」

「わあ……」思わずため息がもれる。

そこにあったのは、無数のバラだった。葉の生い茂った野趣あふれる立ち姿で、白、赤、ピンク、黄色の花を咲かせている。

「どうしたんですか？　バラはナス科じゃないし、きれいな花には興味がないって――」

「ここは特別。今年の初め、古沢に頼まれたの。六月に結婚式を挙げるから、わたしにブーケを作って欲しいって」

「ブーケって、花嫁さんが持つあのブーケ？」首をかしげたくなるような話だった。

「古沢が彼女に言ったらしいの。知り合いに植物栽培が得意な研究者がいるって。そしたら花嫁さん、植物学者が作るブーケなんて素敵って、その気になって」

葉子がそこで目を細めた。感情の読めない微笑みを浮かべて、続ける。

「もちろん彼女は、わたしのことを古沢のただの元同僚と思ってる。彼女、とにかくバラが大好きだって聞いたから、すぐここに苗を植えた」

「それにしても、たくさん植えましたね」

「栽培種じゃなくて、野生種を集めたの。植物学者としての、ささやかな矜持《きょうじ》よ」

形態も色も様々なバラを指し示しながら、葉子は温室を奥へと進んでいく。

「『*Rosa odorata*《ロサ オドラータ》』——『*Rosa chinensis*《ロサ キネンシス》』——『*Rosa multiflora*《ロサ ムルティフローラ》』——」

わたしはジュリエットにはなれなかった——。バラの学名を律儀に一つずつ挙げる葉子を見て、その言葉を思い出した。

環は少し切なくなって、訊いた。

「でも……すんなり引き受けられたんですか？　そんなこと」

「いい機会だから」

「いい機会？　何のです？」

葉子がくるりと振り向いた。褐色の髪がふわりと広がって、乱れた毛先が艶やかな唇にかかる。

「復讐よ——」

葉子は真顔で目を見開いている。今までに見たことがないほど瞳が大きく映った。まるで、ベラドンナでも注したかのように——。

「——復讐《ふくしゅう》？」あまりのことに、二の句が継げない。

葉子はそんな環を見ても、顔色ひとつ変えなかった。淡いピンクのコウシンバラを両手で優しく包み、静かに言った。

「例えば、あなたが花嫁で、知り合いの誰かがバラでブーケを作ってくれたとする。あなた、そのブーケのバラに、指を傷つけるようなトゲがついたままになっているなんて、想像できる?」

3

雨が近いのか、夜が深まるにつれ湿度が上がっている。

環は窓際に歩み寄り、半円アーチ窓の木枠を持ち上げた。敷地の外れにぽつんと建つ「赤煉瓦」の周囲は、暗い静寂に包まれている。

「で、お前は何を手伝ったんだ。お花摘みか?」

箕作がバカにしたように言った。ひからびた革張りの椅子に深く腰掛け、書斎机で書きものをしている。使っているのは例の古い万年筆だ。

「違います」環は努めて冷静に言い返した。「ブーケの色どりについて意見を訊かれたんです。メインに白い花を使うことは決まってるらしいんですけど、その周りにどのバラのどの色をどう配置するか」

環はジーンズのポケットから二つ折りにしたカードを取り出し、箕作に手渡した。

「ほら、とにかくいろんなバラを使うんですから」

「なんだこのカードは?」箕作が万年筆を置いた。金メッキのほどこされたキャップのクリップが、電灯の光を反射する。

「ブーケに使うバラの種名リストですって。これと同じカードをブーケに付けて先方に贈るそうですよ。野生種にこだわったそうですから、まあ、ブーケの品質保証書ってとこじゃないですか?」

「〈*R.banksiae*《バンクシアエ》, *R.cathayensis*《カタエンシス》, *R.centifolia*《ケンティフォリア》, *R.chinensis*《キネンシス》, *R.gallica*《ガリカ》, *R.multiflora*《ムルティフローラ》, *R.odorata*《オドラータ》, *R.rosifolius*《ロシフォオリウス》〉――」

几帳面に手書きされた文面を、箕作がそのまま読み上げた。種名がアルファベット順に並んでいる。最初の『*R.*』はバラ属を意味する『*Rosa*《ロサ》』の略だ。

しばらくカードを眺めていた箕作が、訊いた。

「これ、本当にベラドンナが書いたのか?」

「そりゃそうでしょう。なんでそんなこと?」

「いや」箕作は小さく首を振って、カードを再び二つ折りにした。

「そんなことより、問題はなぜ葉子さんがブーケ作りを引き受けたのかってことです。昔の男の結婚相手のために嬉々《きき》として花束を作る女なんて、普通います?」

「あいつは普通の女じゃない。もしかしたら女ですらないのかも。魔女だからな」

「茶化《ちゃか》さないでください。葉子さん、復讐だって言ったんですよ？」

「復讐？　なんだそれは？」

環は葉子とのやり取りをかいつまんで説明した。目を閉じて聞いていた箕作が、つまらなさそうに口を開く。

「花嫁の指からちょこっと出血させることが、復讐か？」

「いや、もしかしたら、ですよ——？」環は声をひそめた。「バラのトゲに濃縮したアトロピンを塗っていたとしたら、どうです？　あの毒草園にはベラドンナもダチュラもハシリドコロも大量にあるんです。それが花嫁の体内に入ったら、痙攣《けいれん》、嘔吐《おうと》、意識混濁、果てはせん妄《もう》状態にまで陥って、結婚式はメチャメチャに——」

「茶化しているのはお前の方だ」箕作がさえぎった。「完全に宮前を魔女扱いしているじゃないか。あいつはそこまでバカじゃない」

「だって……」

「もういいから、結果を報告しろ」

いら立つ箕作に、環は仕方なく二編の論文のコピーを差し出した。

「重要そうなのは、この二つです。出版はどちらも同じ、二〇一〇年」

箕作がそのうちの一編を手に取った。「こっちは古沢たちの論文だな」

「はい。権威ある薬学系の学術誌に掲載されたものです」

「内容は？　エッセンスだけを述べてくれ」

「門外漢ですから、どこまで正しく読めているか分かりませんけど――」環は要点を書き留めたノートを開いた。「例の『ねじれた花弁のナス』から抽出したアルカロイドの誘導体の中に、強力な癌《がん》細胞殺傷能力を持つ物質が見つかった、ということのようです」

「癌細胞？　重要な結果じゃないか。『ねじれた花弁のナス』については、それまでよく調べられていなかったのか？」

「ええ。ほとんど忘れられかけていたような中米の固有種でした。古沢さんたちは、実験に用いたコスタリカ産のサンプルについて、論文中では詳しい記載をしていません。最後の方にひと言、『従来知られていたタイプの変種である可能性がある』とだけ言及しています」

「変種」とは、植物学における「種」の下位区分だ。一つの種の中に、形態の一部や地理的分布に他と違いが見られる個体群が存在する場合、それを変種として扱う。

「共著者の中に宮前葉子の名前はないな。でも――」箕作は論文の最後のページを開く。

「やっぱり。〈謝辞〉の欄には、植物採集の協力者として宮前の名前が挙げられている。コスタリカでのフィールドワークにはあいつも参加してたんだ」

箕作がもう一編の論文に目を移すのを見て、環が言う。

「そちらは、アメリカの研究チームによる論文です。古沢さんたちの論文が出たすぐあとに、植物学の専門誌に掲載されました。彼らは、コスタリカで『ねじれた花弁のナス』――『*Solanum streptopetalum*《ソラヌム　ストレプトペタルム》』によく似たナス属の新種を発見した、と報告しています。今まで『*Solanum streptopetalum*《ソラヌム　ストレプトペタルム》』だと見なされていた植物の一部は、明らかにその新種として分類し直すべきであろう、と」

「そっちも同じくコスタリカ産なんだな？」

「国が同じってだけじゃありません。アメリカの研究チームが新種を発見したのは、古沢さんたちのサンプル採集地とまったく同じ場所なんです」

「ふん。つながってきたな」箕作は、机の端に置いていた押し葉標本の束を引き寄せると、それをめくり始めた。「段ボール箱にあったもう一つの束――ラベルも貼っていない名無し標本の束のことだが――この中に一枚、面白いのがあったんだ。ああ、これだ」

　環は箕作の肩越しにそれをのぞきこんだ。箕作が指差す台紙の右上端に、鉛筆で何か書いてある。

「〈H〉――ですか？」アルファベット一文字だけだ。

「どういう意味だと思う？」

　アメリカ人たちの論文に何度も出てきたある英単語が、ふと頭に浮かんだ。

「もしかして……『ホロタイプ』の〈H〉？」

「僕も同じ意見だ」

研究者が新種を報告する際、その記載に用いた標本のことを、「タイプ標本」と呼ぶ。タイプ標本が複数ある場合、その中から代表を一つ選んで「ホロタイプ」——「正基準標本」——に指定し、残りを「パラタイプ」——「副基準標本」——とすることになっている。分類学者たちが生物の同定をおこなうときは、世界でただ一つ指定された「ホロタイプ」の個体と比較することで、最終的な決定をくだすのだ。

箕作が続ける。「この押し葉標本を作った人間は、これを従来の『ねじれた花弁のナス』ではなく、新種の植物だと考えていた。そして、〈H〉マークをつけた個体をホロタイプに、残りをパラタイプにするつもりだったんじゃないだろうか。少なくとも、当初は。つまり、この束の標本には、ラベルを貼らなかったんじゃない。貼れなかったんだ」

「まだ種名が決まっていなかったから、ですか？」

箕作がうなずいた。「つまり古沢は、自分が実験に用いたナス属が新種であることを認識していた。なのにあえてその事実を黙殺し、純粋に薬学的な分析結果だけを論文にまとめて公表した」

「でも、どうしてそんなこと……」

「分からない。ただ、前にも言ったとおり、古沢にとって植物はただの材料に過ぎない。昔から、論文中でも学会発表でも、実験植物の記載や同定をないがしろにするようなところがあったらしい。ベラドンナもよく怒っていた」

「いくら植物に愛情がないからって、新種の報告を放置するなんて……」

「分類学の総本山たる自然史博物館の研究員として、あるまじき背信行為だ。しかも、放置している間に、アメリカのチームに手柄を持っていかれている。大失態だよ」

「だから、ここを去るときに標本を隠した――」環の脳裏に、ある疑問が浮かんだ。「でも、葉子さんは何をしていたんでしょう？　古沢さんのしていることを知らなかったんでしょうか？」

「コスタリカでは色んな属種を大量に採集しただろうからな。皆で記載を分担していたとしたら、担当のサンプル以外には目が届かなかった可能性もある。だが、このアメリカ人たちの論文を目にしたときには、さすがに気づいただろう」

「標本をどこへやったんだって、古沢さんを問いつめたかもしれない。葉子さんの受けたショックは計り知れませんよ。だって古沢さんのせいで、自分たちの手で新種を報告するチャンスを逃したんだから」

「二人が別れたのも、ちょうどこの二編の論文が出た頃だ」

「ほら！」環はうしろから箕作の肩を揺すった。「ちゃんとあるじゃないですか。復讐に値する動機」

頬づえをついた環は、小さくため息をもらした。

植物標本室《ハーバリウム》の作業机に広げているのは、押し葉標本が綴じられた分厚いファイルだ。ファイルの中ほどに見つけた『*Solanum streptopetalum*《ねじれた花弁のナス》』と例の古沢の標本とをさっきから見比べているのだが、これだという違いが見あたらない。そもそも、植物の実物を扱った経験のない環には、標本の見どころが分からなかった。

ラベルによると、ファイルされた『*Solanum streptopetalum*《ねじれた花弁のナス》』の登録標本は、宮前葉子その人の手になるものだった。二〇〇七年にメキシコで採集されている。

つまり葉子は、古沢たちとコスタリカの調査に出向く以前に、従来知られていた『ねじれた花弁のナス』に触れていたことになる。

環はあきらめてファイルを閉じた。それを抱えて標本室の中央に向かい、ずらりと並ぶキャビネットに戻す。

標本室内の温度と湿度を一定に保つための二重扉を出て、いったん研究棟に戻る。そこから二棟の建物を経由してタイムトンネル――地下通路をくぐり、「赤煉瓦」の一階に出た。

朝から霧雨《きりさめ》が舞っていて、廊下は薄暗い。

そのまま二階の箕作の部屋に向かおうとしたとき、扉が開いたままの標本収蔵室ロ号から声がもれ聞こえてきた。葉子の声だ。

はしたないとは思ったが、入り口のそばまで近づいて、耳をすませる。

「――それはあなたの仕事じゃないし、池之端さんの仕事でもない。さっきハーバリウムで彼女を見かけたわ。あの子はうちのスタッフなの。あなたの趣味に付き合わせるのは、もうやめてあげてくれない？」

「『赤煉瓦』の植物標本を整理しろとあいつに命じたのは、おたくの部長だぜ？　僕はそれに協力しているだけだ」

「だったら余計なことはやめて、さっさと整理だけすればいいでしょう？　ちゃんと登録したいならすればいいし、ハーバリウムに入れたいなら、入れればいい」

「お前、ここへ何しにきたんだ？　池之端のことで文句を言いにきたのか？」

「それもあるけど――」珍しく葉子が言いよどみ、開き直ったように続ける。「とにかく、部外者のあなたが池之端さんを使ってこそこそ嗅ぎ回ってるのが気に入らないのよ。今さらそんなことをしていったい何になるっていうの？　古沢の昔の標本がそこの『*Monodon monoceros*《モノドン モノケロス》』のお腹に入っていた理由なんて、もうどうでもいいじゃない」

「おっと、これは『*Monodon monoceros*《モノドン モノケロス》』じゃない。『*Delphinapterus leucas*《デルフィナプテルス レウカス》』だ。どちらも背びれのないハクジラの『*Monodontidae*《モノドンテイダエ》』科だが」

どうやら模型のシロイルカについて話しているようだが、とてもついていけない。

「そう。間違って覚えていたわ」葉子はあっさり認めた。

「『*Monodontidae*《モノドンティダエ》』科はその二属二種しか知られていないからな。学名に造詣の深いお前でも、さすがに混同したか？」挑発的に言う箕作の嬉《うれ》しそうな顔が目に浮かぶ。

会話が途切れた隙に、環は扉をノックした。

廊下から気まずそうに顔をのぞかせた環を見て、葉子が眉をつり上げる。

「またここに来てるの？　もういい加減にして、自分の仕事に戻った方がいい」

「すみません……」ただ首を縮こめるしかなかった。「でも……」

環は顔を上げ、葉子を見つめた。本当に葉子が古沢への復讐を企てているのだとしたら、そんな葉子の姿は見たくない。

「いつまでもこんな男に付き合っていると、年度末に真っ白な業績報告書を提出する羽目になるわよ」

葉子はそれだけ言うと、収蔵室ロ号を出て行った。

足音が消えるのを待って、口を開いた。

「わざわざあんなこと言いにくるなんて、やっぱりあの標本のこと調べられたくないんですね。葉子さん自身には古沢さんを恨む気持ちがある。かと言って、自分以外の誰かに古沢さんが糾弾されるのは嫌。分からないでもないですけど、複雑だなあ」

部屋の奥に突っ立った箕作は、こちらに背を向けたまま黙っている。

環は構わず続けた。「ハーバリウムで『ねじれた花弁のナス』の登録標本を見てきました。違いはよく分かりませんでしたけど……二〇〇七年に葉子さんが作った標本でした。つまり――」

「おい」箕作が厳しい声を出した。「お前、これが『*Monodon monoceros*《モノドン　モノケロス》』に見えるか?」

箕作が指差しているのは、目の前のシロイルカだ。一昨日、応急処置としてガムテープで胴体をつなぎ、二人で苦労して支持台に載せ直していた。

「だから『*Monodon monoceros*《モノドン　モノケロス》』って言われても分かりませんよ。和名で言ってください」

「『イッカク』だ。イッカク科イッカク属イッカク」

「イッカク……?」名前は聞いたことがあるが、姿形までは思い出せない。

「知らないのなら、図鑑を持ってこい。僕の部屋にある」

環はすぐに二階に上がり、書棚の指定された場所から動物図鑑を取ってきた。アメリカで出版された分厚い図鑑だ。それを受け取った箕作は、あっという間に目当ての写真を探し出し、そのページを開いて見せた。

写っているのは、口のすぐ上に槍《やり》のような長い角が生えたイルカだった。背中はまだらなグレーで、腹は白い。

「そうそう！」それを見てすぐに記憶が甦《よみがえ》った。「動物もののドキュメンタリーで見たことがあります。角のあるイルカだ！」

「イルカ？」箕作が眉根を寄せる。

「あ、もとい、ハクジラだ！」

「まだ違う」箕作は淡々と訂正する。「これは角ではない。牙が進化したものだ。オスの牙は三メートルもの長さに達することがある。かつてはユニコーンの角と偽られて売買されていた」

「そう言えば、その番組でも、イッカクは〝海のユニコーン〟と呼ばれてるって紹介されてました」

箕作は図鑑を環の手に預け、シロイルカの模型に向き直った。

「この模型を見てカワゴンドウと間違えたというのならまだ分かる。カワゴンドウには、シロイルカにはない小さな背びれがあるが、長い牙は生えていないからな。だが、どう間違えばこれがイッカクに見えるんだ？」

「だから、学名を取り違えていただけでしょ？　箕作さんもそう言ってたじゃないですか。葉子さんは植物が専門なんだから」

「お前はベラドンナを見くびっている。あいつは、家族や友人の名前を覚えるように、いくらでも学名を覚えてしまうんだ。そんな勘違いをするはずがない」

箕作はまだシロイルカの模型を見つめている。

4

中庭で仕事終わりの一服をしていた葉子を説得するのに、たっぷり十分はかかった。渋る葉子を引っ張るようにして地下通路を抜け、「赤煉瓦」に向かう。収蔵室ロ号に入るなり、中で待っていた箕作が言った。

「まず謝らないといけない。僕が完全に間違っていた」

「謝ると言いながら、どうして池之端さんを迎えに寄越《よこ》したの？　彼女を巻き込まないでと言ったはずよ」

「そのことじゃない。イッカクの件だ」

「ああっ！」部屋の奥に目をやった環は、思わず大声を上げた。模型に駆け寄ってわめく。「何やってるんですか！　せっかく苦労してつないだのに！」

シロイルカは支持台から床に下ろされ、白茶けた上半身と下半身が再び生き別れになっていた。そばには丸めたガムテープが転がっている。

箕作は環を無視して続けた。「お前の言ったとおり、この模型は間違いなく

『*Monodon monoceros*《モノドン　モノケロス》』——『イッカク』だ。鼻面のところできれいに牙が折れていたので、まるで気がつかなかった。もともと出来のいい模型ではなかったが、背びれのないハクジラで、こんな風に塗料が剝げてしまっていると、『シロイルカ』——『*Delphinapterus leucas*《デルフィナプテルス　レウカス》』と考えるしかない。僕ですらそう思い込んでいたんだ。これが実はイッカクだと知っている人間は、今や博物館にはいないだろう」

「そんなことを言うために呼び出したの？　もう帰るわ」

踵を返した葉子の背中に、箕作が言う。

「帰るなら、これを持って行け」箕作が作業台の段ボール箱に左手を置いた。「この押し葉標本をイッカクの腹に隠したのは、お前なんだろう？」

「え？」環は息をのんだ。

立ち止まった葉子は、白衣のポケットに両手を差し込み、箕作の方に向き直った。

箕作が残念そうに言う。「あのあと建物中を探してみたが、折れた牙は見つからなかった。残っていたのは、ほんの一部だけだ」

「一部？」模型の頭部を撫でてみるが、わずかな突起も感じられない。

「そこじゃない。中を見てみろ」

継ぎ目から胴体の内部をのぞく。空洞の一番奥——頭部の裏側から、長さ三十センチほどの棒が突き出ていた。「あ、何かある！」

「この模型の縮尺だと、牙の長さは一メートルを軽く超えるはずだ。それだけ長い棒状の部品を取り付けるとなると、単に表面に接着するだけでは心許ない。だから、鼻面に穴をあけて牙の根元側を三十センチほど差し込み、内側から金具でしっかり固定した。その差し込まれた根っこの部分だけが中に残っているんだ。よく見ると、螺旋《らせん》状の溝もちゃんと彫られている」

「ホントだ」棒の表面にうっすらと筋が見える。

「つまり、これが実はイッカクだということを知っているのは、腹の中を見たことがある人間だけだ」

葉子は、扉のそばにあった小さな木の丸椅子を引き寄せ、黙って腰掛けた。長い足を組んで、白衣のポケットに手を入れる。おそらく無意識のうちに取り出したシガレットケースをもてあそびながら、箕作に目を向けた。

「あなたって、どんなことも知らないままではいられないのね。嫌な男」

箕作が口の端をゆがめる。「融通のきかない性格は、お互い様だろう」

葉子はシガレットケースをポケットに突っ込むと、静かに語り始めた。

「――二〇〇九年のコスタリカ調査は、古沢とわたしで計画したものだった。わたしの目的は、ナス属固有種の再分類。ある山の中でその押し葉標本のナス属を見つけたとき、わたしも初めは『*Solanum streptopetalum*《ねじれた花弁のナス》』だと思った。でもよく観察すると、見逃せない違いがいくつもあったのよ。調査チームの中には、ただの変種だろうと言う人もいた。でもわたしは、まったくの新種と認定すべきだと確信した」

「ラベルの貼られた押し葉標本の束は、古沢の研究用。ラベルのない束は、お前の研究用だったんだろう？」

　葉子は小さくうなずいた。「古沢は、それが目新しい植物だということを知って、勢い込んで分析を始めた。そして、驚くほど早く、癌治療に役立つ重要なシード分子を発見した。彼は、それを一刻も早く論文にして発表したいと言った」

「どうしてそんなに急いだんです？」環が訊いた。

「コスタリカで、大規模な植物調査に入っていたアメリカの研究チームに出会ったのよ。そこにはわたしの知っているナス科の専門家もいたし、薬用植物の権威もいた」

「ぼやぼやしていると、彼らに先を越される、と」

「わたしは、そのナス属の詳細な記載が先だ、と主張した。じっくりと、間違いを犯さないように、種の認定をやりたかった。でも古沢は、頑《がん》として聞き入れなかった。わたしの新種報告が出るまで待つなんて絶対にできない、と言って」

「業績――か」箕作が訊ねるともなく言う。

「彼のここでの立場は、任期付きの研究員だったからね。今の准教授のポストを得るためには、インパクトのある論文を数ヶ月以内に出す必要があった。何度も口論したわ。

古沢に『定年までここで植物をいじっていられるお前に何が分かる』って怒鳴られたときは、さすがにこたえた」

葉子や環のような正規の常勤研究員には、国家公務員と同等の給与体系や定年制が適用される。研究者としては理想的な職場だ。その一方で、かつての古沢のような契約研究員や非常勤研究員は、一年から三年の任期が切れる前に次の職場を探さねばならず、極めて不安定な立場に置かれている。同じ博物館の研究者の間にも、大きな格差があるのだ。

遠くを見るような目をした葉子に、箕作が言う。

「で、結局お前が折れた」

「古沢はそれを『*Solanum streptopetalum*《ねじれた花弁のナス》』の変種ということにして、論文を投稿した。わたしは共著者から外れて、新種として発表するための記載を進めていた。二ヶ月後には論文も完成したけれど、まだ提出するわけにはいかなかった。古沢の論文が出版されるまで投稿は控えて欲しいと言われていたから」

確かに、一つの植物について同じ研究機関で同時期に書かれた二つの論文が、片や変種、片や新種、と異なった主張をしているのはまずい。

葉子は淡々と続ける。「やっと古沢の論文が掲載されて、これでわたしも投稿できると準備していた矢先、アメリカチームによる新種報告が発表されたことを知った。ショックだったわ。しばらく何も手につかなかった。そしてそれが、二人の関係を決定的にした――」

「古沢は、お前のもとも、博物館も去った。そしてお前は、残された標本をイッカクの腹の中に隠した」

「何も、わざわざ隠さなくっても……」環がおずおずと口をはさむ。

「古沢がラベルを付けた束は、記載が誤りだと知りつつわたしがそれを見逃した標本。もう一つの束は、わたしの過ちのせいで幻になったタイプ標本。どっちもハーバリウムには入れられない。誰かの目に触れて、あれこれ事情を詮索されたくもない」

「もう見たくなかったんだろう？　お前自身も」

「手元に置いておくのが辛《つら》いからといって、標本を捨てるなんてことは絶対にできない。ここ『赤煉瓦』でほこりまみれになった『*Monodon monoceros*《イッカク》』の模型を見かけたとき、これだ、と思った。胴体に巻かれていたテープがひからびて、継ぎ目に隙間が見えていたのよ。この中に入れておけば、誰にも見られることはない――」

　葉子が突然泣き笑いのような表情を見せた。顔を上げて、箕作に訊く。

「あなた、アメリカ人たちがつけた学名、見た？」

「見たよ。確か、彼らの恩師の名前にちなんだものじゃなかったか？」

「そう。ひどい名前」

「僕も人名にちなんだ学名は好みじゃない。自分の名前が残ったと喜んでいる人間も」

葉子が白い喉を震わせる。

「やっぱり、わたしがちゃんと名前をつけてあげればよかった」

「どんな学名をつけるつもりだったんだ？　考えてあったんだろう？」

「『*Solanum candidissimum*《ソラヌム カンディディッシムム》』――」

「『純白の絹毛のあるナス』――か」箕作が片方の口角を上げた。「ドライだね。悪くない」

「ねえ、ファントム」葉子が立ち上がった。目じりを下げて言う。「アメリカチームに先を越されてわたしが落ち込んでいたとき、あの人なんて言ったと思う？　あなたにも聞かせてあげたかったわ」

「なんだ？」

「『名前がなんだっていうんだ？』って言ったのよ――」

箕作はただ肩をすくめた。

そうか――。箕作もたぶん同じことを思っている。古沢が吐いたジュリエットと同じ台詞が、葉子の中で何かが崩れた最後のひと突きになったに違いない。

葉子はそのまま白衣をひるがえし、収蔵室ロ号を出て行った。

環は慌ててあとを追い、廊下をゆく葉子の背中に声をかける。

「あのっ！　押し葉標本は！　標本は、どうしたらいいですか？」

振り返った葉子は、優しい笑みを浮かべていた。

「あのかわいそうな『*Monodon monoceros*《イッカク》』のお腹に戻しておいて。隠し場所にわざわざこの『赤煉瓦』を選んだんだから」

「選んだ？」

「そう。あの標本は、あのときファントムに預けたの。少なくともわたしはそのつもりだった。『赤煉瓦』にさえ置いておけば、あいつが、箕作類がそこにいる限り、絶対に捨てられることはないからね」


「宮前、見かけなかった？」

研究棟三階の廊下で出くわすなり、キノコマンこと植物研究部長が言った。手に白い封筒を持っている。

「三十分ほど前に会いましたけど。どこかその辺にいるはずですよ。あとで一緒にランチに出る約束をしましたから」

「あ、そう。会うの？　だったらこれ渡しといて」部長は封筒を環に握らせた。「結婚式の写真。昔うちにいた古沢って男の。彼から預かったんだ」

「ああ。そう言えば、昨日でしたね」

「あ、彼のこと知ってる？　いやあ、いい結婚式だったよ」

「あのう……花嫁さん、大丈夫でした？」おそるおそる訊いた。

「あ？」

「だから、その、例えば……バージンロードで痙攣起こしたとか、誓いのキスのとき嘔吐したとか……？」

「ああ？」部長は大口を開けて固まっている。

「いつまでも何バカなこと言ってるんだ、お前は」いきなり背後からなじられた。いつの間にか、すぐうしろに箕作が立っている。研究棟でその姿を見るのは初めてだ。

「一応、念のためにというか……」環は口をとがらせる。「これでもわたしなりに心配してるんです」

　部長が腕時計に目を落とす。「よく分からんが、とにかく頼んだよ。これから会議なんだ。ブーケ喜んでたって、ドライフラワーにするって、古沢が。宮前にそう伝えてやってくれんじゃ」

　部長が小走りで去ると、箕作は環の手から封筒を取り上げた。

「ちょっと！　勝手に見ちゃだめですよ」

すでに箕作は中の写真をめくり始めている。五枚ほどあるようだ。

「ほう。なかなかきれいじゃないか」

満足顔の箕作が、環の手に写真を戻した。愛らしい顔をした花嫁の、上半身のアップ。胸の前でブーケを握っている。

「どっちがです？　花嫁さん？　ブーケ？」

「どっちも」

「ですよね」

白を基調に淡色でまとめられたバラのブーケは、本当にきれいだった。バラが大好きだという花嫁も、嬉しそうに微笑んでいる。

箕作が窓に額をつけ、中庭を見下ろしている。見れば、植物園に葉子の姿があった。タバコをくわえたまま、ホースで水をまいている。

「ベラドンナの復讐も、首尾よくいったようだ」箕作が真顔で言った。

「はい？」環は声を裏返した。「どういうこと？」

箕作はジャケットの内ポケットから二つ折りのカードを取り出した。

「もう一度これを見てみろ」カードを広げて突きつけてくる。

R.banksiae《バンクシアエ》,
R.cathayensis《カタエンシス》,
R.centifolia《ケンティフォリア》,
R.chinensis《キネンシス》,
R.gallica《ガリカ》,
R.multiflora《ムルティフローラ》,
R.odorata《オドラータ》,
R.rosifolius《ロシフォリウス》

——ブーケに使われた野生種バラのリスト。先日環が箕作に見せて、そのままになっていたものだ。

「葉子さんがブーケに添えて贈ったリストでしょ？　これが何か？」

「正しくないだろうが。書き方が」

「え？　そうかなあ」

「これだから計算機屋は」箕作が舌打ちする。「同じ属の学名をリストアップして書くとき、属名を——ここではバラ属の『*Rosa*《ロサ》』を『*R.*』と省略していいのは、リストの二番目以降からだ。つまり、正確にはこう書かなければならない」

箕作はカードを裏返しにすると、胸ポケットから抜いた万年筆を走らせる。

***Rosa** banksiae,*

R.cathayensis,

R.centifolia,

……


箕作の走り書きを見ても、環にはその意図がつかめない。

「はあ。言われてみればそうですけど、これ論文じゃないんだから」

箕作はカードを表《おもて》に返し、葉子が書いたリストを環に示した。「学名の扱いに厳しい宮前が、理由もなくこんな書き方をするはずがない。奴《やつ》はわざとこう書いたんだ」

「どうして？」

「写真のブーケをよく見てみろ。真ん中に、メインに使われている白い花は何だ？」

「そう！　このバラがすっごくきれいなんですよねえ。八重でフワフワで。名前は分かりませんけど」

「これは『トキンイバラ』だ。リストの最後にある『*R.rosifolius*《ロシフォリウス》』――略さずに言うと、『*Rubus rosifolius*《ルブス ロシフォリウス》』」

「『*Rubus*《ルブス》』？　『*Rosa*《ロサ》』じゃなくて？　ってことは――」

「そう。『*Rubus*《ルブス》』――キイチゴ属だ。『トキンイバラ』はバラじゃない」
「バラという名の、バラじゃない花――」
確かに葉子は、メインに白い花を使うことは決まっている、と言っていた。初めから
それが葉子の狙いだったのか――。
「あいつは、リストの属名に略号の『*R.*』を使うことで、すべてバラ属の花だと思い込
ませたんだ。奴としては、リストの一番目だけは作法どおり『*Rosa*《ロサ》』と書きたかった
だろうが、それをすれば今度は最後の『*R.rosifolius*《ロシフオリウス》』という表記が完全な誤りになる。
だったら最初からすべて略号の『*R.*』で統一した方がまだ嘘がない、ということだろう
な。このことは、花嫁はもちろん、リストを見た古沢も気づいていないだろう」
あるいは、古沢にだけは気づいてほしかったのかもしれない。葉子からの最後のメッ
セージとして――。
「それが葉子さんの、復讐――」
そしてこれこそが、葉子がブーケにひそませた〝トゲ〟だったのだ。
「誰も傷つかない復讐さ。この花嫁さんの笑顔を見ろよ。彼女も花婿同様、ジュリエッ
トと同じ考えの持ち主だと思うぜ」
環は写真を一枚めくった。似たような構図の写真で、うっとりとした表情の花嫁がブ
ーケに鼻を寄せている。

「あ——」箕作が何か思い出したように眼鏡を上げた。「花嫁にとって一つだけ残念なことがある。バラと呼ばれてはいるが、『トキンイバラ』は香らない。キイチゴだから」

環は思わず噴き出した。

「シェイクスピアにも、教えてあげなきゃですね」

窓辺に近づいて、中庭を見下ろす。

「箕作さんの言うとおり、葉子さんはヤワな女じゃなかったです。でも——」

日差しを照り返す濃い緑の中に、葉子の姿を探した。

「やっぱり女ですよ。いい女」

ベラドンナに囲まれて髪をかき上げた葉子が、今日はとびきり美しく見えた。

送りオオカミと剝製師

1

環は、日差しをさえぎるものが何もない園内の大通りを歩きながら、額の汗をハンカチで押さえた。梅雨が明けた途端、毎日朝からこの暑さだ。

いつものように美術館の脇を通り、国立自然史博物館へと向かう。いくつもの文化施設があるこの都内有数の公園も、午前十時を回らないうちは人の姿もまばらだ。

美術館の角にさしかかったとき、突然大きな遠吠《とおぼ》えが響いた。聞いたことのない獣じみた鳴き声に、環は驚いて立ち止まる。通りの反対側にある動物園の方からだ。

見れば、動物園の敷地を囲むフェンスのそばに、一頭の犬を連れた小柄な老人が立っていた。歳《とし》の頃は八十に近いと思われるが、背筋をぴんと伸ばし、動物園の中をじっと見つめている。白い半袖のワイシャツにハンチングといういでたちだ。

初めは、老人の犬が鳴いたのかと思った。やや毛足の長い虎毛に覆われた、見栄えのよくない中型の雑種だ。日本犬の血が濃いのは間違いないが、どこか野性味がある。

だが次の瞬間、その想像は裏切られた。老人が頰に右手をやり、裏返した声を張り上げたのだ。さっき聞いた、あの遠吠えだ。

するると、もっと驚くようなことが起きた。フェンスの向こうの動物が、老人のものとそっくりな遠吠えで応じたのだ。おそらく、オオカミだ。この動物園ではシンリンオオカミが一頭だけ飼育されている。ちょうど先週末、勉強のつもりで見学に訪ねたばかりなので、その姿もよく覚えている。

老人が連れた虎毛の犬はといえば、とくに吠えたてることもなく、落ち着かない様子で主人の横顔を見上げるばかりだ。老人は満足げにうなずくと、尾を巻いた犬をしたがえて、環の来た方へと悠然と去ってゆく。

オオカミの遠吠えの真似《まね》が、あの老人の特技か趣味なのかもしれない。変わったおじいさんだ――環は小首をかしげ、また歩き出した。

職員用出入り口から新館に入り、渡り廊下を通って旧館に向かう。旧館への扉を開くと、いつもは静かな玄関ホールが騒々しい。何人かのスタッフが早口で言い合う声が、吹き抜けになった二階の方から聞こえてくる。

環がそちらを見上げていると、木製の手すり越しに、猪瀬《いのせ》の顔が見えた。猪瀬は動物研究部の主任研究員で、モグラの専門家だ。展示室の出入り口に立ち、渋い顔で腕組みをしている。

「どうかしたんですか?」環は下から声をかけた。

「ああ」気づいた猪瀬が、環を見下ろして言う。「どうしたもこうしたも……まったくひどい話なんだよ。もうすぐ開館時間だってのに」

手招きする猪瀬にしたがって、環は階段を上った。猪瀬たちがいるのは、哺乳類の骨格や剝製が展示されている部屋だ。とはいえ、マンモスやサーベルタイガーなどの〝派手〟な展示物はすべて新館にあって、一般来館者、とくに子供たちの興味をひくようなものは何もない。

展示室に入ってすぐ右手の隅に、猪瀬と三人のスタッフがいた。壁際にずらりと並ぶ剝製群の前だ。茶髪の若手研究員と技術職員の女性が、剝製の脚もとにしゃがみ込む白衣姿の男を見つめている。「標本士」の久世《くぜ》浩一《こういち》だ。剝製の状態を調べているらしい。

「ん……？」目の前の光景に明らかな違和感を覚えるのだが、すぐにはピンとこない。

「ひどいだろ、これ」

猪瀬が剝製たちの方にあごをしゃくった瞬間、理解した。

「あっ！」思わず声が高くなる。「お尻向けてる!?　なんで？　なんでみんなお尻向けてるんです？」

顔を通路に向けているはずの剝製たちが、みな壁の方を向き、尻と尾をこちらに見せている。

「今朝来てみたら、こうなってたんだよ」猪瀬がかぶりを振って言う。

ここは「アジアの哺乳類」と題されたコーナーで、ユキヒョウ、オオヤマネコ、ジャコウジカなど、日本では見られない動物が全部で十体並んでいる。派手さはないものの、野性の息吹が感じられる見事な剝製群だった。

「ええ？　どういうこと……？」この事態の意味するところが、環にはまるでつかめない。

「こっちが訊きたいよ」猪瀬がため息をついた。

「まあ、来館者による悪質ないたずらとしか思えないすけど。愉快犯的な？」茶髪の研究員が無表情のまま語尾だけ上げた。

「来館者ってお前、こんなことするの、結構時間かかるぜ？」猪瀬が憮然《ぶぜん》として言う。

「展示室の扉を閉めて内側から鍵をかけとけば、誰も入ってこられないすよ。客のいない閉館間際の時間帯なら、やりやすい。それに、ここの剝製はどれもさほど大きくないし、台の向きを変えるだけなら男一人でもなんとかなりますよ」

「でも、どこかに監視カメラがありますよね？」環は天井を見上げた。

「真上すよ」若手研究員がそれを指差す。「ここから部屋の奥を撮ってます。この一画は、たぶん死角になりますよ」

「愉快犯だか何だか知らんが、こんなことして何が愉快なんだ」猪瀬が吐き捨てる。

「どうします？　とりあえずこの展示室だけ閉鎖しておきましょうか？　それなら急い

で掲示物作らないと」技術職員が腕時計を指で叩《たた》いた。

「――やっぱりダメですね。完全に折れてます」標本士の久世が、しゃがんだまま振り向いた。

久世は、小柄なオオカミのような動物の左後ろ脚を優しく触っている。確かに、脛骨《けいこつ》が真ん中あたりで妙な方向に曲がっているようだ。

それは「ドール」という動物の剝製だった。毛は褐色で、尾がふさふさしている。説明が書かれたプレートには〈アジア地域に広く生息するイヌ科の動物〉とある。

「まったく、いたずらなら回れ右させるだけにしてくれよ。乱暴に扱わないでくれよなあ」猪瀬が腹立たしげに頭をかいた。

「大丈夫。すぐに修復できます」久世が穏やかに言って立ち上がる。

瘦身を包む白衣のポケットに両手を差し込み、余裕に満ちた笑みを浮かべたさまは、有能な医師のようにも見えた。久世が朗らかに続ける。

「まずは剝製たちの向きを元に戻しましょう。そのあと、このドールを大型標本作製室に運びます。午後にはこの展示室も開けられるんじゃないかな」

「やれやれ」猪瀬は腕まくりをして、茶髪の研究員に荒っぽく命じる。「おい、奥に回れ。倒さないように気をつけろよ。脚は持つな。台を持て、台を」

「あ、わたしも手伝います」作業を始めた三人を見て、環も慌ててバッグを床に置いた。

「――で、剝製たちのストライキは、午前中だけでおさまったのか?」

箕作がソファベッドに寝そべったまま言った。

「ストライキ?」環は書棚の洋書を並べ替えながら訊き返す。

「客の来ない旧館で、毎日じっと立たされてるんだ。嫌気もさすだろう」

「気楽なことばかり言わないでください」環は古ぼけた本を乱暴に棚の奥まで押し込んだ。「箕作さんも一応は動物研究部の人間でしょう? 植物研究部のわたしが今まで手伝ってたのに、なんであなたはここで寝てるんです?」

「そんなこと知るか。モグラマンは僕に何も言ってこなかった」モグラマンというのは、猪瀬のことだ。

「でしょうね」環はため息まじりに言った。「だとしても、ここでゴロゴロしているあなたの姿を見たら、文句の一つも言いたくなりますよ」

大きく伸びをして体を起こした箕作が、書棚の前にいる環を見て顔をしかめる。

「さっきからそこで何をしている?」

「へ? ああ」環は我に返ったように右手に持った本を見た。「この全集、並び順がめちゃめちゃだったので、ちゃんと一巻から――」

「余計なことをするな。他人に触られると、どこに何があるか分からなくなる」

「並べ替えるぐらいいいじゃないですか！　こういうの見たら、ムズムズして勝手に手が動いちゃうんですよ！」

「お前、重症だな。一度医者に診てもらった方がいいぞ」

「はあ？」怒りをこめて箕作をにらむ。「その言葉、そっくりそのままお返ししますよ。こんなにガラクタを溜《た》め込んで、部屋を散らかし放題にして、よく平気でいられますね。こんな状態で、どこに何があるか把握できるわけないでしょう？」

箕作は「ふん」と短く鼻息をもらし、立ち上がった。床に散乱したガラクタをよけながら流し台まで行くと、サーバーのコーヒーをマグカップに注ぐ。

箕作はそれをひと口すすり、訊いた。「ところで、壊された剝製は『*Cuon*《キユーオーン》 *alpinus*《アルピヌス》』だけだったのか？」

「『*Cuon*《キユーオーン》 *alpinus*《アルピヌス》』って、ドールのことですよね？　だったら、そうです」答えながら、あることに気づいた。「ドールって、外見はイヌとかオオカミに似てますけど、『*Canis*《カニス》』──イヌ属じゃないんですね」

「ほう」箕作が眼鏡に手をかけた。「バーコードレディにしては上出来な台詞じゃないか」

「わたしだって少しは勉強してるんです。こないだ隣の動物園にも行きました。動物園なんて、小学生以来ですよ」

「ドールはドール一種だけでドール属を構成している」

「ふうん」環は唇に人差し指を当てた。「とにかく、脚が一本折れただけみたいだし、修復もできるそうですから、よかったですよ」

「ドールへの傷害が来館者の犯行だというのは、はっきりしているのか？」

「犯行だなんて大げさな。閉館時に展示室を巡回した警備員は、剝製たちがお尻を向けていることに気づかなかったそうです。だから、夜中に何者かが侵入したという可能性もなくはない。もしそうなら大問題だなあ、とおたくの部長が」

「はっ」箕作が口の端を歪《ゆが》める。「あのスパイダーマンはいつも口だけだ。大した被害も出ていないのに、わざわざ事を大きくするはずがない」

「監視カメラの映像は確認するそうですけど」

「何も映ってないことを祈ってるはずさ」箕作がようやく体を起こした。「ドールの修復は久世さんがやるんだろう？」

「ええ、そう言ってました。猪瀬さんたちが大型標本作製室に運んで行きましたよ」

久世浩一は、この博物館の職員ではない。ドイツの標本作製技術専門学校で学び、今もドイツの自然史博物館に籍を置く、プロの「標本士」だ。欧米の博物館には、標本の製作と維持管理を担う久世のような専門スタッフがいるのが当たり前だそうだ。だが日本には、標本士という職種自体が存在しない。

ここ国立自然史博物館でも、遅ればせながら標本専門スタッフ育成の重要性に気づいたらしく、久世を嘱託としてドイツから招いた。この四月から一年間の契約だそうだ。

久世の仕事場は、動物の遺体を解体して剝製や骨格標本を作る、大型標本作製室だ。久世はそこの責任者として、研究員や技術職員に対する技術指導をおこなっている。

「久世さん、落ち着いたもんでしたよ。あの程度の修復は朝飯前だ、ぐらいの調子で」

「だろうな。なんせ、あの久世清《きよし》の血を引く男だ」

「久世清？　誰です？」

「〝伝説の剝製師〟を知らないようでは、もぐりだと言われるぞ」箕作が冷たい視線を寄越す。「八十近くになって目を悪くし、現役を退いたが、間違いなく日本で最高の腕前だった。久世清ほどの剝製師はもう現れないだろうな。数年前まではこの博物館専属のようにここに出入りしていた。うちに今ある剝製も、多くが彼の手によるものだ」

「もしかして、あのドールたちも？」

箕作はうなずいた。「素晴らしい出来だったろう？」

「確かに。今にも動き出しそうっていうと陳腐ですけど——たたずまいが野性的というか、迫力が違うというか」

「清さんの剝製は、もはや芸術品だ。清さんの作品を見た大英自然史博物館お抱えの剝製師が弟子入りを志願した、という逸話もある」

箕作が「清さん」と呼ぶということは、二人は親しい間柄に違いない。

「ということは、久世浩一さんは――」

「清さんの息子だ。職人肌の清さんと違って、浩一さんは学究肌のようだがな。剝製作りに対する情熱という点では、血は争えないと思うね」

そのとき、ドアがノックされた。静かに扉が開き、当の久世浩一が顔をのぞかせる。

「今、ちょっといいですか？」箕作と環の顔を交互に見ながら言う。

「噂《うわさ》をすればなんとやら」箕作が頰を緩める。「どうぞ」

「ほんとにここをオフィスにしてらっしゃるんですね」この「赤煉瓦」を訪ねたのは初めてらしく、浩一は興味深げに室内を見回している。「ヨーロッパの博物館のオフィスみたいで、いい感じじゃないですか」

「あまり長時間いると、喉をやられますよ。ほこりで」環は喉をかきむしるような仕草をした。

「でも、少し散らかっているぐらいの部屋の方が落ち着くんですよね。私もそうです」

浩一は環に向かって目を細めると、今度は箕作に訊ねる。「私の噂をされてたんですか？　いい噂かな」

「もちろん」箕作は平然と答えた。「あなたも清さんの血を受け継いでいて、剝製作りに懸《か》ける情熱が素晴らしいという話です」

「箕作さんのことは、父からよく聞いています。箕作さんのことをよほど気に入ってるんでしょうね。父が研究者の話をするのは珍しいことなんですよ」

黙って肩をすくめた箕作に、浩一が続ける。

「もちろん私も、剥製作家としての父は尊敬しています。私にはとても追いつけないところがある。でも、標本製作者としてはどうでしょうか」浩一はわずかに首を傾けて、視線をそらした。

「どういう意味です？」環が訊いた。

「動物標本としての剥製に大事なことは、学術的な正確性です。しかし、父の剥製作りは、そこに命を吹き込むことがすべてだ。そのためには手段を選ばないし、動物学的な妥当性も平気で犠牲にするようなところがある」

「浩一さんは、すごくストイックなんですね」環が言った。

「剥製や標本に興味を持ったのは父のおかげですが、考え方とテクニックについてはドイツで叩き込まれましたからね。あっと、そうだ――」浩一が箕作の方に向き直る。

「用件を思い出しました。ここの一階の標本収蔵室に入らせてもらってもいいですか？探したいものがあるんです」

「どういったものです？」

「古い木箱です。このくらいの大きさの――」長辺が三十センチほどの直方体らしい。

「箱だけですか？　中身は？」

「たぶん空っぽです。三十年ほど前に父が扱った標本が入っていた箱なのですが――まだ残っていれば、確認しておきたいことがありましてね」

「確認って？」歯切れの悪い説明に、環も思わず訊き返す。

「いや、大したことではないのですが」

どこか硬さのある浩一の口ぶりから、事情は詮索されたくないという気持ちが伝わってくる。

「一度、清さんご本人に来てもらえばいいのではないですか？　その方が手っ取り早いし、僕も久しぶりにお会いしたい」

箕作は自分のアイデアが気に入ったらしく、珍しく瞳を輝かせて続けた。

「実は、標本収蔵室ロ号に〈ムササビ〉と書かれた出所不明の剝製があるのですが、毛皮を見るとどうもニホンモモンガに思えるんです。清さんの意見を是非聞いて――」

「いや」浩一が拒むように話をさえぎった。「父の手をわずらわせるまでもありませんよ。それに、下手に刺激を与えて、また剝製を作るなどと言い出されては困る。目を酷使するのはよくないんです。白内障の手術を受けて間もないですから」

「手術を……そうでしたか」箕作が心配そうに眉尻を下げた。「目のことを除けば、お元気なのでしょうか？」

「ええ。悠々自適の生活を送っています。新しい趣味でも見つけたのか、最近は家を留守にすることも多いですしね。もう三日も帰っていませんよ」

2

「何でしょうね？　この巨大な容器」環は大きなアルミの浴槽に首を突っ込んだ。

廊下からこの大型標本作製室をのぞいたことはあるが、中に足を踏み入れたのは初めてだ。見るものすべてが珍しい。

「電熱式の晒骨機《しやこつき》だ」箕作が室内をうろつきながら答える。「動物の死体を煮るんだ」

「げ！」環は慌てて晒骨機から首を抜く。

「よく煮て骨から肉をはがし、骨格標本を作る」箕作はこともなげに言った。

環は研究棟の廊下でたまたま箕作と出くわし、興味本位でここまでついてきた。浩一が昨日から「赤煉瓦」で探している木箱のことで、話をしにきたそうだ。どうやら、木箱が紛れ込んでいそうな場所を、箕作が見つけたらしい。この部屋のドアは施錠されていなかったが、浩一の姿はなかった。

箕作は部屋の中央にある大きな解剖机の前に立った。アルミの天板には、一体の剝製が分解された状態で置いてある。環も箕作のそばにきて言う。

「これ、例の脚を折られたドールですね。修復中なんだ」毛皮が完全に剝《む》かれ、中の骨格と詰め物が取り出されている。

箕作は解剖机の端に移動すると、白い紙の上にぽつんと置かれた丸い骨を凝視した。ドールの頭骨だ。傍らにはメジャーが置かれ、開かれたままのスケッチブックには頭骨が几帳面なタッチで描かれている。

「わあ、きれいなスケッチ」

環が感心していると、ドアが開いて浩一が戻ってきた。

「ああ、いらしてたんですね」軽く息を弾ませている。「先週入ってきたフクイサウルスの骨格標本のことで、新館に呼び出されていたんですよ」

「そうでしたか」箕作はにこりともせずに言った。「実は、お探しの木箱のことで、お伝えしたいことがありましてね」

「何か手がかりでも？」浩一が目を輝かせる。

「ええ。お時間があれば、これから一緒に行きましょう」箕作はそう言うと、解剖机に向かって両手を広げた。「ところで、ドールの修復はうまくいっていますか？」

「え？　ええ」浩一は虚をつかれたような顔でうなずいた。「折れていたのは、左後ろ脚の脛骨でした。今回の修復では脚の骨を全部取り除いてしまって、代わりにグラスファイバーの損充材を入れます」

「損充材？　骨はなくても大丈夫なんですね。知らなかった」環が言った。

「部位によるんですよ。外観を整えるのに重要な、頭、尾、手指などの部分については、骨格を保持して利用します。もちろん、筋系や神経系を完全に取り除いた上でね。今はいい損充材がいろいろありますから、それ以外の骨はほとんど除去します。でも、父は四肢の骨格もできるだけ残すのが好みだったようです。あのドールも、後ろ脚だけは本物の骨が使われていました」

「なるほどですねえ。で、これがその大事な頭骨ですね？」環は紙の上の骨を指差す。

「スケッチ、お上手ですね」

「いや――」浩一はどこか気まずそうにスケッチブックを閉じた。

「さすが、研究熱心ですね」箕作がすかさず言う。「スケッチに加えて、頭骨のサイズ計測までするなんて」

「趣味みたいなものですよ。どうせ毛皮を剝ぐのなら、ついでにデータも取ろうかと」

浩一は照れたように微笑むと、環に目を向けた。

「せっかく来ていただいたんですから、この部屋の説明でもしましょうか」

「ぜひお願いします」環は愛想よく答えた。「あれが動物の死体を煮る装置だということは、さっき箕作さんに」

「晒骨機ですね。我々は〝お風呂〟と呼んでいます。その横にあるひと回り小さな装置は、恒温器。死体を酵素に浸して〝骨出し〟をするんです。で、あっちの隅にある黒いドラム缶のようなものは、皮の乾燥機ですね」

「その手前にある木馬みたいなのは――？」

「あれに剝いだ皮をかけて、大きなナイフで残った肉を削り取るんです」

「なんだか――」グロテスクと言いかけて、寸前で止めた。「すごいですね……」

「近くの部屋の皆さんにはご迷惑をおかけしているかもしれません。作業中はかなり臭いますから」浩一は苦笑した。「その引き出しの中も面白いですよ。上から二段目を開けてみてください」

引き出しを引いた環は、思わず「わお」と声を上げた。大小さまざま、色とりどりの目玉がぎっしり詰まっている。

「剝製用の義眼です。他の段にはばらした骨がパーツごとに入ってます。この部屋の隣にも小さな収蔵室があるんですが、そこは毛皮専用」

「専用？」

「ええ。なめした毛皮は、防虫、防カビに注意しなければならないので、部屋を分けて保存します。害虫駆除の燻蒸《くんじょう》も必要ですしね――」

ひと通り剝製作りの講義を受けたあと、三人で大型標本作製室をあとにした。

研究棟からさらに二棟の建物を経由して、「赤煉瓦」へと続くタイムトンネル――地下通路に入る。

　薄暗いトンネルに三者三様の靴音が響く中、箕作が浩一に訊ねた。

「昨日はどの部屋を探しましたか？」

「手前の二部屋ですから——標本収蔵室イ号とロ号、ですか。いやあ、どの部屋も予想以上にものが多いし、行きたいところにアクセスするのもひと苦労で。なかなか大変です」

「ものだなんて遠慮せずに、ガラクタって言えばいいんですよ」

　茶化す環には構わず、箕作が正面を向いたまま言う。

「収蔵室ハ号の奥に、大きな木製キャビネットが二つ並んでいます。おそらく大昔、標本展示に使われていたものですね。中の棚板が全部外されていて、古い空の木箱やブリキ缶の類いがぎっしり詰め込まれているようですから、もしかしたらそこに」

「なるほど。期待できそうですね」

「キャビネットの背板に貼ってあった三十年前の備品シールに、当時の動物研究部長のハンコが押されていました。高嶋《たかしま》さんという方です。もうお亡くなりになりましたが、高嶋部長は清さんととても親しかった。清さんからそう聞いたことがあります」

「へえ、そうなんですか。それは初耳だな」

　重いスチールドアを押し開け、冷気漂う階段を上って「赤煉瓦」の一階に出る。板張りの廊下を中ほどまで進み、標本収蔵室八号に入った。

引き出しから骨格標本があふれ出た棚の向こうに回り込み、多種多様な爬虫類《はちゅうるい》が浮かぶ液浸《えきしん》標本の瓶の山を越える。ビニールにくるまれたシカの剝製と首から上だけのキリンの間を抜けると、その木製キャビネットがあった。

気づけば、箕作だけがついてきていない。振り返ると、箕作はドア近くに置いた丸椅子に座り、ハンカチで愛用の黒い万年筆を磨いている。

浩一はそんな箕作には目もくれず、白衣の袖をまくった。

「これですね……」小さくつぶやいて、ほこりで曇ったガラス扉を開く。

そこには確かに大小さまざまな空箱が詰め込まれていた。浩一が上から一つずつ取り出し、それを環が床に積んでいく。

ほとんどの箱には何も書かれておらず、用途も来歴も分からない。だが、浩一は一瞥するだけで目当てのものかどうかを見極めていく。

三十分ほどかけて一つ目のキャビネットを空にしたが、見つからなかった。

二つ目のキャビネットに取りかかり、収められた箱を半分ほど消化したとき、浩一が「あっ！」と声を上げた。

「これだ……」浩一の手に、黒く染められた木箱があった。

大きさは浩一が言ったとおり長辺が三十センチほど。かなり古いものに見える。ふたはあるが、箱書きはない。

浩一の指が、ふたの真ん中辺りをしきりに撫でている。よく見ると、そこに小さな穴が三つ――三角形を描くようにしてあいている。

「あの……やっぱり空っぽですか？」環がおずおずと訊いた。

浩一は軽く箱を振り、ためらわずにふたを取る。中には紙切れ一枚入っていない。浩一は小さくうなずいたが、その顔には安堵《あんど》の表情も失望の色も見て取れなかった。

ふと視線を感じて振り返ると、シカとキリンの間から、箕作が険しい顔でこちらを見つめていた。


背後に人の気配を感じたのは、ちょうど美術館の前に差しかかったときだった。足音をたてず、一定の距離を保ってあとをつけてくる。

深夜十二時の公園は、さすがにひとけがない。バグ取りに夢中になっているうちにこんな時間になってしまったが、ここまで帰宅が遅くなることは滅多にないので、なおさら不安だった。

この先、道はさらに暗くなる。思いきって走り出そうとトートバッグを胸に抱えた瞬間、背後の人物に呼びかけられた。

「おい、そこのバーコードレディ」

環はほとんど跳び上がるようにして振り返った。

「もうっ！」右足で地面を踏みならす。「びっくりするじゃないですか！　なんで黙ってついてくるんです！」

「だから声をかけたじゃないか」

「初めからそうしろと言ってるんです！」

まるで意味が分からないといった表情の箕作を見ていると、怒るのがばからしくなってきた。箕作がそばまで来るのを待って、並んで歩き出す。

「うちに帰るんですか？　珍しい。ていうか、帰るところあるんですか？」

「自宅に置いてある本を取りに帰るんだ。お前、家はどこだ？」

環は町名を告げた。ここから歩いて十五分ほどのところだ。

「なら、近所だな」

ぽつりと言った箕作の横顔を見て、ふと思った。箕作に家族はいるのだろうか。同時に、昨日のことを思い出した。

「それにしても、ちょっと妙だと思いません？　浩一さんの態度。お父さんの体を気づかっているのは本当でしょうけど……木箱を探していることを清さんに知られたくないのかなって、ちょっと思いました」

「秘密や確執のない親子などいない」箕作はそう言い放ち、眼鏡に手をやる。「それより、気になるのはあの木箱の正体だ。お前、ふたの穴に気づいたか？」

「もちろん。小さい穴が三つ。あれが箱の目印だったみたいですね」

「どこかで――」箕作はわずかにあごを上げた。「ああいう穴のあいた木箱、どこかで見た覚えがあるんだが……」

「『赤煉瓦』ですか？」

「いや――」

箕作はそれからしばらく黙り込んだ。何か思い出そうとしているらしい。

道はいつの間にか公園を抜けていた。突き当たった大通りを右に進む。片側二車線の車道には、まだ車の往来が絶えない。低層マンションと商業ビルが建ち並ぶ歩道を行く環に、箕作も焦点の定まらない目をしてついてくる。そのまま五分ほど歩き、コンビニの前で立ち止まった。

「念のために訊きますが、箕作さんもこっちでいいんですか？」

「ん？」箕作はようやく我に返ったらしく、眉根を寄せて辺りを見回す。「ああ、まだ先だ。お前の家はどこだ？」

「もう少し先を、左に入ったところですけど……」六畳あるかないかのワンルームマンションだ。この辺りは家賃が高く、前に住んでいた部屋よりも少し狭い。

「もしかして、何か心配しているのか？」箕作が訊いた。

「まさか」環はことさら素っ気なく応じる。「箕作さんが送りオオカミになるなんて、この世で一番想像できないことですよ」

「送りオオカミだと？」箕作がにらみつけてくる。「失礼なことを言うな」

「だから、箕作さんはそういう人じゃないって言ったんです！　失礼なことなんて言ってません」環も負けじとにらみ返した。

「そうじゃない。オオカミに失礼だと言ってるんだ」

「はあ？　オオカミに？」

「山道を歩いていると、いつの間にか後ろをオオカミがついてくる。一定の距離を保ったまま人里近くまで来て、姿を消す。昔の人々は、それを『オオカミに送られた』あるいは『オオカミに守られた』と考えた。それが『送りオオカミ』という伝承だ」

「じゃあ、悪い意味じゃないんですね？」

「実際のところはよく分からないが、オオカミは自分のテリトリーに入ってきたものを監視する習性があると言われている。そういう行動をとってもおかしくはない」

「へーえ、そうなんだ。なんだかオオカミのイメージが変わりますねえ。妙に人懐っこいというか」

環は公園で目撃した老人のことを思い出し、「そう！」と手を打った。

「オオカミと言えば、昨日動物園のそばですごいおじいさんを見たんです。遠吠えじいさん」

「遠吠えじいさん？」

　目にした出来事を詳しく説明する環をよそに、箕作はしきりに首をかしげている。まだ話が終わらないうちに、箕作が訊いた。

「そのじいさん、ハンチングをかぶっていただろう？」

「え？　ええ、確かに……でも、なんで――」

「それはたぶん、清さんだ。動物園のシンリンオオカミと遠吠えのやり取りをしているのを、僕も何度か見たことがある。彼の特技なんだ。浩一さんは清さんが家に帰ってこないと言っていたが、なんだ、この辺にいるんじゃないか。しかし――」箕作が環から視線を外した。「犬を飼っているという話は聞いたことがない。どんな犬だった？」

「長めの虎毛で――日本犬と何かの雑種だと思います。で、ちょっとワイルドな感じ？」

　箕作は再び黙り込んだ。細いあごの先をつまみながら、コンビニの前の歩道を行ったり来たりし始める。

「――オオカミ」突然つぶやいた。「送りオオカミ――」

　そして、いきなり環の目をのぞき込む。

「そうか！　思い出したぞ。あの三つ穴のあいた木箱。中身は、送り、オ、オ、カ、ミ、だ」

3

もう三日もかけているのに、なかなかバグがとれない。環はプログラムを打ち込む手を止めて、目頭をつまんだ。

目薬を取ろうとデスクの上の小物入れに手を伸ばしたとき、液晶モニターに映りこむ人影に気づいた。振り返ると、箕作が革のトランクを提げて立っている。

「もうっ！　どこに行ってたんです!?」環は椅子をけって立ち上がる。「昨日からずっと探してたんですよ？」

「秩父《ちちぶ》だ」箕作は平然と答えた。言われてみれば、心なしか日焼けしたように見える。

「秩父？　なんでまた？」

「それに、今朝は清さんと会っていたので、遅くなった」

「会えたんですか」

「お前の話を信じて動物園の近くで張っていたら、犬を連れて現れた」

「ふうん……。それより、たいへんなんですよ。例の『剝製〝回れ右〟事件』のあった展示室の監視カメラに、一瞬だけ不審人物が映っていたことが分かったんです。職員の可能性もあるんですが、なんせ時刻が深夜二時ですから。警察に届けるかどうか、朝から部長会議が開かれてたみたいです」

「警察に届ける必要などない」

「どういうこと？」

「館長には僕がこれから説明に行く。すまないが、お前は浩一さんを連れて、僕の部屋に来てくれ」そのまま背中を向けた箕作が、急に振り返る。「そうだ。浩一さんに、例の木箱とドールの頭骨を持ってきてくれるよう頼んでくれないか」

館長室に向かった箕作と別れ、急ぎ足で大型標本作製室を訪ねた。

浩一は作業台でカワセミの仮剝製を作っていた。どういうわけか、ドールの修復作業はまるで進んでいないようだった。箕作からの要望を告げると、浩一は作業の手を止めて固まった。「木箱とドールの頭骨を持って、ですか」と力なく言って立ち上がり、黙々と準備を始めた。箕作の伝言だけで、すべてを理解したようにも見えた。

「赤煉瓦」への道中、環と浩一はひと言も言葉を交わさなかった。二階の箕作の部屋に向かい、開け放たれたままの扉を叩く。

箕作はマホガニーの書斎机で古い和書をめくっていた。「わざわざすみません。まあどうぞ」と言って、ソファベッドに浩一を促す。浩一が目の前のローテーブルにドールの頭骨を置いたので、環も抱えてきた黒い木箱をその隣に並べた。

環が華奢《きやしや》な木の丸椅子に腰掛けると、箕作が腕時計に目を落として言った。

「館長をいつまでも抑えていられない。時間がないので先に始めましょう」

「先にって、他に誰か――」と言いかけたところで、箕作にさえぎられる。

「昨日、奥秩父に行ってきました。あるお宅で無理を言って、貴重なものをお借りしてきましたよ。中身ではなく、容れ物だけですがね」

箕作は机上のトランクを開き、木箱を取り出した。白木だが、大きさと形は浩一のものと似ている。箕作は木箱を立てて、ふたをこちらに向けた。

「〈三峰山《みつみねさん》〉――？　あ！」ふたに墨で書かれた文字を読んでいて、環はその下にある三つの小穴に気づいた。「穴があいてる！　浩一さんの箱と同じだ」

口を半開きにして白木の箱を見つめる浩一に、箕作が語りかけた。

「秩父は三峰山にある三峯《みつみね》神社は、オオカミ信仰の中心地です。オオカミは御眷属《ごけんぞく》、つまり神の使いであるとされた。秩父、奥多摩《おくたま》、丹沢《たんざわ》などの地方では、今もオオカミ信仰が根強く残っています。そもそも、我が国では古代よりオオカミを神獣としてあがめてきました。古くは『万葉集』にもあらわれる『大口の真神《おおぐちのまがみ》』とは、オオカミのことです」

箕作は部屋の中央に進み出る。

「ここでいうオオカミとは何か。もちろん、百年前に絶滅したと考えられている『*Canis lupus hodophilax*《カニス ルプス ホドピラクス》』――『ニホンオオカミ』のことです。さて池之端くん――」

「は？」慣れない呼ばれ方に、声が裏返った。

「この世にニホンオオカミの剝製が何体あるか、知っているかね？」

「うちに一体ありますよね」立派なケースに入れられて、新館で展示されている。重要な展示物の一つだ。「その他はちょっと……」

「東京大学、和歌山県立自然博物館、オランダはライデンの自然史博物館。全部でわずか四体だ。毛皮にしても国内外でたった四枚。ニホンオオカミは極端に標本数の少ない動物なんだ。だから、形態にも生態にも不明なところが多い。限られた標本の中で比較的多く残っている部位が、頭骨だ。なぜだか分かるか？」

「もしかして――そういうの？」環は白木の箱を指差した。

「そう。近世を中心に、オオカミの頭骨が魔除《まよ》けとして珍重されたからだ。今でも秩父や丹沢には、頭骨をこのような箱に納めて先祖代々受け継いでいる家がある。もちろん門外不出で、人目にさらすことさえ嫌がる家も多い」

「それでどうにか箱だけ借りてこられたんですね」

「骨になっているとはいえ、ニホンオオカミは尊い神獣だ。呼吸ができるようにと、箱には三つの小穴があけられている。『息穴《いきあな》』というそうだ」

「ということは、浩一さんの木箱も――」

「清さんの話によれば、三十年ほど前に、空き家になった丹沢の古民家の屋根裏から出てきたものだそうだ。もちろん、頭骨が入った状態で。正体不明の骨ということで、当時動物研究部長だった高嶋氏のもとに持ち込まれた」

「箕作さん――」浩一が初めて口を開いた。「父にお会いになったんですね？」

「会いました。秘密の作業部屋も見せてもらいましたよ。あなたも知っていたんでしょう？　清さんがずっとあそこにこもっていることを」

浩一は黙ってうつむいた。箕作が続ける。

「しかし、丹沢の民家で見つかったその頭骨は、高嶋部長によってヤマイヌのものと判定された」

「ヤマイヌって、野犬のこと？」環が訊いた。

「そうではないが――それについてはあとで説明する」

箕作はそう言って目だけで環にうなずき、続ける。

「その当時、清さんは、たまたま博物館からドールの剝製作りを依頼されていた。だが、清さんの手もとにはドールの毛皮しかなく、サイズの合うイヌ科の動物の骨を探していた。丹沢で出てきたヤマイヌの頭骨のことを高嶋部長から聞いた清さんは、それを譲り受け、ドールの剝製の頭部に流用した」

「そうやってできたのが、あの脚の折られた剝製ですか」

「そうだ」箕作はテーブルの上の骨を両手で持ち上げた。「そして、これがその頭骨ということになる」

箕作が浩一に向き直る。「浩一さん、あなたも昔その話を清さんから聞いていた。しかし、あなたは今になって疑問を抱いた。丹沢の頭骨は、本当にヤマイヌのものだったのだろうか？　発見された土地と状況から考えて、ニホンオオカミのものだったのではないか？　あなたはそれを確かめようとした。そのためにやるべきことは二つ。一つは、頭骨が入っていた木箱を探し出し、ふたに『息穴』があるかどうか確かめること」

「『息穴』は、確かにあった——」環がつぶやいた。

「そしてもう一つが、ドールの剝製を解体し、実際にその頭骨を調べてみることです」

「ということは、まさか……」環にはその先が言えなかった。

「ドールの皮を剝ぐには、何か理由が必要だった。そのために自らの手で脚を折ったというのは分かりますが、すべての剝製を〝回れ右〟させたのは、カモフラージュですか？」

ずっと黙っていた浩一が顔を上げた。心を決めたのか、目にいつもの理知的な光が戻っている。

「見た目に分かりやすい損傷を与えるには、脛骨の残っている後ろ脚を折るのが一番簡単でした。その作業をやりやすくするために、ドールのお尻を通路側に向けました。そのときにひらめいたんです。他の剝製も〝回れ右〟させておけば、愉快犯によるいたずらで偶発的に脚が折れたと思ってもらえるだろう、と」

「なるほど」箕作は頭骨を掲げてみせた。「で、どうでしたか？　この頭骨の形状とサイズ計測の結果は」

「ニホンオオカミのものではありませんでした」浩一はきっぱりと言った。「サイズ的にはニホンオオカミの平均的な成獣とほぼ同じです。ですが、ニホンオオカミを見分ける最大のポイントである口蓋《こうがい》後縁部のへこみが見られませんし、頭骨基底全長と頬骨《きょうこつ》弓《きゅう》幅の比率もニホンオオカミとは異なっています。これは、イエイヌ――いわゆる〝犬〟の頭骨だと思います」

「それが分かって、ショックでしたか？」

「どういう意味です？」浩一が箕作をにらんだ。「私は別に――」

「そう。あなたは自分の手柄のためにあんな愚かな真似をしたわけじゃない。お父さんを心配してのことでしょう。あなたは、清さんの過去の行いについて、ある疑惑を抱いていた。あなたはそれを晴らしたかっただけだ」

「疑惑って？」環が訊いた。

「三十年前、清さんは、高嶋部長がヤマイヌと判定した丹沢の頭骨を、正真正銘のニホンオオカミのものだと考えたのではないか――。そして、譲り受けたその頭骨を、ドールの剝製には使わず、こっそり自分のものにしたのではないか――という疑惑だ」

「要は、くすねたってことですか？」

　箕作は環の問いには答えず、ローテーブルの上の黒い木箱を手に取った。収蔵室八号から出てきた箱だ。

「この木箱には確かに『息穴』があり、ニホンオオカミの頭骨が収められていた可能性が高くなった。もしドールの剝製の頭骨がまさにニホンオオカミのものであれば、清さんにかかった疑惑は晴れる。しかも、学術上の貴重な発見にもなる。だが、ドールの剝製にはただのイヌの頭骨が使われていた。疑惑はますます深まった」

　環は浩一の様子をうかがった。浩一は膝に置いた拳を握りしめ、身じろぎもせず箕作を見つめている。箕作はその視線を正面からとらえて言った。

「あなたに訊いておきたいのは、あなたが清さんに対してそんな疑惑を抱くことになった、きっかけについてです」

　束の間の沈黙のあと、浩一の両肩がすとんと下がった。浩一はわずかに目を伏せて、静かに話し始める。

「――あれは、半月ほど前のことでした。父がふらっと大型標本作製室を訪ねてきたのです。展示館で見かけた知り合いの技術職員に声をかけて、研究棟に入れてもらったと言っていました。そんなことは初めてでしたが、私の働きぶりでも見にきたのかと思いました。三十分ほど他愛のない話をしたあと、父は懐かしそうに部屋を見てまわり、帰っていきました。その翌日、私は部屋からあるものがなくなっていることに気づきました。臭化メチルです」

「臭化メチル？」環が訊いた。

「かつては毛皮の燻蒸に使われていた薬品ですが、オゾン層を破壊するという理由で数年前から使用できなくなっています。本来はすべて廃棄するべきなのですが、父が現役のころに使っていたらしい缶入りのものが部屋の片隅に三つほど残っていた。それが全部持ち去られていたのです。規制されている臭化メチルを使おうなどと乱暴なことを考えるのは、父ぐらいしかいない」

「でも、引退した清さんが、どうしてそんなものを？」環が訊いた。

「毛皮の燻蒸に決まっている」箕作が冷たく答える。「燻蒸には臭化メチルが一番だと今も彼は信じているのだろう」

浩一がうなずいた。「五年前に退いたはずの父がまた剝製を作ろうとしているのは明らかでした。しかも、私に隠れて。私は外出した父のあとをつけ、彼がこの近くの古い一軒家を借りて、一室を作業部屋にしていることをつきとめました。父の留守を見はからって、私はその部屋に忍び込みました。そこで、作業台の上に、あるはずのないものを見たのです」

「あるはずのないもの？」環が訊き返した。

「ニホンオオカミの頭骨です。口蓋後縁部のへこみといい、側下部神経孔が四つあることといい、その特徴を完全に備えていました。そんな貴重なものが、一介の剝製屋の手に入るわけがない。そのとき私は、昔父から聞いた丹沢の頭骨の話を思い出したのです。もしかしてこのニホンオオカミは、その丹沢の頭骨ではないか？　父は、密かに保管していたこの頭骨を使って、ニホンオオカミの剝製を作ろうとしているのではないか？　だとしたら――」

浩一がすがるような目を箕作に向けたとき、書斎机の黒電話がけたたましく鳴った。受話器をとった箕作は、「分かりました。すぐ迎えに行きます」と言って電話を切り、部屋を出て行った。

4

箕作にともなわれて部屋に入ってきたのは、久世清だった。驚いたことに、あの虎毛の犬も連れている。

「どうしてここに……」思いがけない父親の登場に、浩一は動揺していた。

「あの……いいんですか？」環は犬を指差して、箕作の顔をうかがった。

「何がだ？」箕作はまるで気にしていない。

かわりに清がいたずらっぽく微笑んで、犬の頭を撫でた。「大丈夫さ。ここに一番近い建物の脇から入って、すぐ地下通路に下りたんだ。こいつは誰にも見られちゃいないよ。おいトラ、吠えるんじゃねえぞ」

清がリードを離すと、トラと呼ばれた犬はなぜか環のそばにやってきて、行儀よく座った。

テーブルに歩み寄った清は、ドールの頭骨を見て息子に言う。

「なんだ。結局毛皮剝いじまったのか。毛皮の上から頭の骨を触ってみりゃあ、オオカミかイヌかぐらい分かるだろうが。まったく、まだまだだな」

そして、今度は環に向かって頭を下げる。

「浩一のやつがご迷惑をかけたようで」

「いえ、わたしはそんな……」

「それに、浩一が俺のことで妙な勘ぐりをしてるようで。まったく面目ない」

「勘ぐり？　ということは、そのドールの頭骨はやっぱり――」

「ああ。こいつは間違いなく三十年前に丹沢の民家から出てきた骨だよ。オオカミ様じゃねえが、ヤ、ヤ、ヤマイヌ様だ」

「ヤマイヌ様？」

清はただ笑って箕作の方にあごをしゃくる。その箕作は大判の古い和書を開き、自慢げにページをこちらに向けていた。そこには二頭の獣が描かれていて、それぞれに漢文の説明書きがある。

「これは、江戸中期の百科事典『和漢三才図会《わかんさんさいずえ》』の原典復刻版だ。右側に描かれているのが『豺《ヤマイヌ》』で、左が『狼』。どちらも中国から輸入した言葉であることが、近世における日本のイヌ科動物の分類を非常に複雑なものにしてしまった」

「『ヤマイヌ』というのは、種名なんですか？」環が訊いた。

「当時の日本人の概念としての種名だ。西洋で広まりつつあった近代分類学――いわゆるリンネ式の分類による種名ではない」

「要するに、人々が常識と経験に基づいて名付けたわけですね」

「古来、我が国では、ヤマイヌとオオカミを区別しない、あるいはオオカミのことをヤマイヌとも呼ぶ、というのが一般的だった。ところが、江戸期に入ると、両者は別種であるという見方が生まれてきた。例えば、この『和漢三才図会』の絵を見ると、ヤマイヌの尾は日本犬のように巻き上がり、オオカミの尾は垂れている。さらに、山を歩く人はオオカミ以上にヤマイヌを恐れる、と書いてある」

「ヤマイヌは外見がよりイヌ的なのに、オオカミより質《たち》が悪いということですか？」

「そうだ。だから問題は、日本における『ヤマイヌ』の正体は果たして何か、ということになる。僕の考えでは、ヤマイヌは、オオカミとイヌのハイ、ブ、リ、ッドだ」

「ハイブリッド——雑種ってこと?」

箕作がうなずく。「オオカミは人を避けるが、イヌの血を引くヤマイヌは人を恐れず、ときに害をなす。つまり、かつて日本の山野では、オオカミとヤマイヌが共生していた。当然、ヤマイヌの遺伝子的な空間は、オオカミとイヌの間を切れ目なくつないでいるはずだ」

「つまり、オオカミに近いヤマイヌもいれば、イヌに近いヤマイヌもいると」

「ただし、その差異は極めてわずかなものだっただろう。遺伝学的に言えば、オオカミとイヌにはほとんど違いがない。イヌがオオカミから分化したのが、ごく最近のことだからだ。現在のミトコンドリアDNA鑑定法をもってしても、ニホンオオカミと日本犬を遺伝子情報だけで区別することは不可能だ」

「そうなんですね……知りませんでした」DNAデータを用いた分類システムの専門家としては、複雑な気持ちだった。

「だから、そのハイブリッドをオオカミと見間違えたという事例は、当時は頻繁にあっただろう」箕作は淡々と言った。

「それがヤマイヌ様だ。ま、俺が勝手にそう呼んでるだけだがな」清はテーブルの頭骨を軽く叩いた。「こいつを撃った猟師がオオカミだと言ったのを信じて、魔除けにしたんだろう。もちろん猟師の方でも騙《だま》す気なんてなかったはずだよ。見た目だけじゃあ、区別なんてできっこない。だが残念ながら、この頭骨の格好はほとんどイヌに近い」

「だとしたら――」

身じろぎもせず話を聞いていた浩一が、そう言って唇をなめた。

「だとしたら、父さんのあの作業部屋に置いてあった頭骨は何なんですか？　あれはどう見たってニホンオオカミの――」

清が大きくかぶりを振り、続きをさえぎった。環の横で寝そべる虎毛の犬を指差して言う。

「あれは、そこにいるトラの親父のだ」

「バカな！　トラはただの犬でしょう!?」

高ぶる浩一の気勢をそぐように、パンと大きな音を立てて箕作が本を閉じた。

「『ただの犬』という言い方は、少し違います。トラはいわゆる『もどりオオカミ』です」

「もどりオオカミ――」小さくつぶやいた浩一は、その意味を知らないわけではないようだった。

「それ、何ですか？」一人取り残されまいと、環は慌てて訊いた。

箕作は両手を腰のうしろで組んで、ゆっくり歩き出す。

「イノシシ猟師たちの間ではよく知られた事実だが、猟犬の中に、とくに猟の能力に優れた異形の犬が混じっていることがある。オオカミの血を濃く引いた、オオカミ犬だ。そのオオカミ犬ばかりを集めて交配させ、オオカミの血をどんどん濃くしていこうと考えた人たちがいた」

「それって、ヤマイヌが生まれたプロセスを、人為的に巻き戻すようなもの？」

「そうとも言える。交配を繰り返していくと、極めてニホンオオカミに近い外見のオオカミ犬が生まれることがある。それが『もどりオオカミ』だ」

今度は清が言った。「秩父にな、完璧な『もどりオオカミ』を作り出すことに一生を費やした男がいてな。付き合いのあった猟師から紹介されて、ときどき俺もその男の家に顔を出すようになった。トラの父親にあたるオオカミ犬は、その男の最高傑作だった」

「最高傑作って……」環は、それがまさに作り物であることを示すその言葉に、寒気を覚えた。

「そう。あれは本当によくできていた」清は淡々と続ける。「額から鼻にかけて凹凸がなく、首の後ろにはたてがみまであってな。飼い主は、その犬が死んだら解剖して頭骨がオオカミと同じかどうか見てみたいといつも言っていたが、その男の方が先に死んじまった」

眉をひそめて聞いている環を見て、清が自嘲気味に言う。

「あまり気分のいい話じゃねえよな。俺もそう思う。で、去年になってそのオオカミ犬が死んだとき、男の奥さんが俺に連絡をくれた。死体を引き取る気はないかと言ってな。俺は一も二もなく飛びついたが、そのときついでに引き取ったのが、このトラだ。トラは、男の家に残された最後のオオカミ犬だった。ご覧のとおり、あまりオオカミの血は引いていないようだがな」

顔を上げたトラを愛《いと》おしげに見つめながら、清が続ける。

「トラの父親の死体の骨出しをしてみて、驚いたよ。その頭骨の形は、飼い主の男が期待していたとおり、ニホンオオカミとそっくり同じだった」

環は、呆然《ぼうぜん》としている浩一に目をやってから、清に訊いた。

「そのオオカミ犬の死体を剝製になさるおつもりなんですね？」

「いや。使うのは頭骨だけだ。頭の形ってのは、一番大事だからな。毛皮は別の『もどりオオカミ』のを使う。トラの父親の毛は、こいつと同じで赤みのある虎毛なんだ。俺はもっと灰色がかった毛皮を使いたい。何年も探していたんだが、二週間ほど前、別のオオカミ犬収集家から、いい色の毛皮をやっと手に入れたんだ。もうきれいになめして、燻蒸も済ましてある」

いつの間にか、トラは飼い主のそばに戻っていた。清はその頭を撫でて言った。

「こいつの親父の骨を剝製に使わせてもらうんだ。せめてもの恩返しに、せいぜいかわいがってやらねえとな」

清を見送りに、箕作とともに公園の大通りまで出た。

まだ気温は高いが、日が傾いて少し風が出てきたようだ。どこからかヒグラシの声が聞こえてくる。環はトラの首につないだリードを握りしめ、箕作と清のあとに続く。

「——浩一のこと、よろしく頼みます」清が箕作に頭を下げた。

「大丈夫ですよ。館長は話の分からない男ではありません」

浩一は、自分の口で事情を説明するからといって、先ほど一人で館長室に向かった。

「それにしても」箕作が訊いた。「また剝製を作っていることを、なぜ浩一さんに黙っていたんです？」

「浩一は真面目な男だからな。『もどりオオカミ』を継ぎはぎして剝製にするなんていびつなこと、あいつが賛成するはずがない。いくら息子とはいえ、俺の最後の仕事を邪魔されるのは我慢できねえよ」

いびつなこと——その言葉を聞いて、環は思わず後ろから口をはさんだ。

「わたし、よく分からなくなってきました。清さんが作ろうとしてらっしゃる剝製は、いったい何の剝製なんでしょうか？　ニホンオオカミの剝製とは言えないし、かといってただのオオカミ犬とも……」

振り向いた清がにやりと笑った。

「俺が作ろうとしてるのは、俺が見たニホンオオカミの剝製だよ」

「俺が見た!?　見たんですか？」珍しく箕作の声が上ずった。

「もう六十年も前のことだ。俺はまだ見習いで、師匠と一緒に猟師に同行して秩父の山に入っていた。よほどぼんやりしてたのか、俺だけはぐれちまってな。日も暮れてきて、これはいよいよいけねえとなった。さんざん歩き回って、ようやくちょっとしたけもの道に出ることができた。うまく山を下りられるかどうかも分からねえままそこを歩き始めて、一時間ほど経ったころかなあ。後ろで落ち葉を踏む音がする。はっと振り返ると、いたわけよ」

「ニホンオオカミが、ですか？」環は念を押すように訊いた。

「十メートルか、十五メートルか。間を空けて、ずっとついてくる。立ち止まるのも恐ろしくて、俺は歩き続けた。ときどき後ろの様子を確かめながらな。そのうちに、集落が見えてきた。ああ助かったと思って後ろを見ると、もうオオカミはいなかった。俺は、送られたわけよ。そのオオカミに」

「送りオオカミ――」箕作の語った伝承と寸分違《たが》わぬ話だった。

「俺の話を聞いた誰もが、そいつは野犬だろうと言った。だがな、あれは間違いなくニホンオオカミだ。今も目に焼き付いて離れねえ。あの灰色がかった薄茶色の粗い毛。のどは白く、尾は黒っぽい。脚は短く、耳介《じかい》も長くはないがぴんと立っている。鼻筋はなだらかに長く伸びていて、切れ込みの深い口からは犬よりはるかに大きな肉切り歯がのぞいてた。とにかく、見たものにしか分からねえよ。それがオオカミの神がかった力なのかもしれん」

「ニホンオオカミらしき動物を目撃してしまったために、人生を狂わされた人間はたくさんいますからね」箕作が言った。

「箕作よ」清が試すような目をした。「お前さんも、ニホンオオカミはもう絶滅したと思うかい？」

「一九九六年には秩父山系で、二〇〇〇年には九州の祖母《そぼさん》山系で目撃したという報告がありますが……説得力に欠けます。録音した遠吠えを流してニホンオオカミの反応がないか調べる試みも、すべて失敗に終わっています。正直、厳しいでしょうね」

「厳しい、か。お前さんにしちゃあ、優しいもの言いだな」

清は頬を緩め、続けた。

「この六十年、俺はこの国に生きるあらゆる動物の剝製を作ってきた。ただ一つ作り残しているのが、あのニホンオオカミだ。俺は、俺の手が言うことを聞いてくれるうちに、俺の頭の中のニホンオオカミを、記憶のとおりに再現しておかなきゃならん。最後にそれをやっておかねえと、死んでも死にきれん」

「それに標本としての価値などなくても、ですか？」そう訊いた箕作の口ぶりに、清を責める調子はない。

「俺は標本屋じゃねえよ。剝製屋だ」清は平然と言い返した。「価値があろうがなかろうが、俺の仕事は詰め物をした毛皮の中にそいつの息づかいを閉じ込めておくことだ。標本にしろ剝製にしろ、要は死んだものの形を無理矢理残そうってものだろ？　学問とは関係なしに、初めから人間にはそういう欲求がある。子供が虫にピンを刺して集めるのだってそうさ。俺に言わせりゃあ、その欲求自体がすでにいびつさ。いいも悪いも、ねえよ」

　清はそれだけ言うと、ハンチングをとって左右に振った。別れの挨拶らしい。振り向きもせずに、真っすぐ歩いていく。

　立ち止まった環は、箕作の横でその背中を見送った。しばらくして、トラのリードを握ったままなことに気づいた。思わず手を離すと、トラは駆け出すこともなく、ゆっくり主人のあとを追い始める。一定の距離を保ったまま、うしろから主人を見守るように。

　それを見た箕作が言った。

「トラもやっぱり送りオオカミだな。ちゃんと送りオオカミをやっている」

「そう言えば、一つ訊きたいことがあったんです。こないだ一緒に帰った夜、あの木箱の中身は送りオオカミだ、みたいなことを言ってましたよね？　あれはどういう意味だったんです？」

「ニホンオオカミの学名だよ。『*Canis*《カニス》 *lupus*《ルプス》 *hodophilax*《ホドピラクス》』――ギリシャ語で『*hodo*』は『道』、『*philax*』は『守る』を意味する。つまり『道を守るもの』だ。『送りオオカミ』という習性が、ニホンオオカミの学名のもとになったのさ」

しばらくすると、動物園の敷地にさしかかった清の遠吠えが聞こえた。

シンリンオオカミがそれに応えたとき、トラが清に向かって猛然と駆け出した。よその国からきた遠吠えの上手な仲間に嫉妬したに違いない。

夕日に輝くその虎毛を見ながら、環は笑ってしまった。

マラケシュから来た化石売り

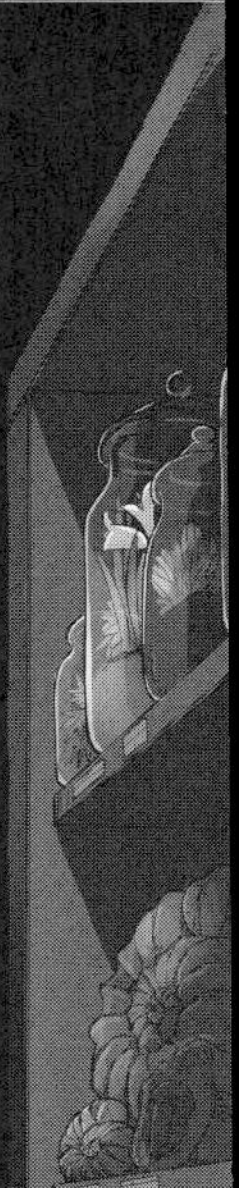

1

環は、展示フロアの一画にちらと目をやり、自分の両腕を抱きしめた。

思わず身震いしたのは冷房のせいではない。そこに気味の悪い節足《せっそく》動物がひしめいているのを想像しただけで、寒気がしたのだ。

ここ国立自然史博物館では、常設展の他に、特別展が年に二回ほど開催される。それよりも規模の小さな展示イベントが、企画展だ。内容的にかなりマニアックなものになることも多く、それ目当ての来館者は限られている。

先週からこの新館で開かれている「三葉虫《さんようちゅう》展」も、まさにその典型だ。古生物のフロアに特設ブースを設け、ガラスケースに三葉虫の化石をぎっしり並べている。展示の目玉は、「松宮《まつみや》コレクション」という世界的なコレクターの所蔵品らしい。

いくら〝生き物オンチ〟だとはいえ、環も自然史博物館の世界に飛び込んできた女だ。爬虫類や昆虫に拒絶反応を示すようなことはない。ただ一つ生理的に受けつけないのが、ムカデやヤスデといった体に節のある多足類だ。それを太らせたような三葉虫の大群になど、近寄りたくもなかった。

いつものとおり、そのエリアからなるべく離れた通路を通って研究棟に向かおうとしたのだが、今日はそうはいかなかった。デイパックを背負った若い男がそちらから早足でやってきて、環に声をかけたのだ。

「ここの人ですよね?」男は環が首から下げた身分証に、ちらと目をやった。特設ブースの方を指差し、ぶっきらぼうに言う。「あれ、まずくないすか?」

「すいませんが、わたしは担当ではないので」環は拒むような表情を崩さずに応じた。

「展示に何か不備があれば、このフロアの教育ボランティアの方に――」

「いや、あのままにしとくのは絶対まずいすよ」男は有無を言わさぬ調子で告げると、環を手招きしてブースへと歩き出す。

環は自分の不運を呪いながらため息をつき、男に従った。

特設ブースには四人の見学者がいた。三つ並んだ横長のガラスケースのうち、左端のケースの前にかたまっている。

「あのアカンソピゲは怪しいよ。トゲの感じがわざとらしくない?」

「でもさあ、モロッコだから全部偽物ってのは、さすがにないっしょ」

「私、去年ツーソンでモロッコの業者につかまされましたよ。背回り十二センチ超のドロトプス」

「行ったんですか!?　ツーソンの鉱物ショー？　うらやましい」

マニアックな会話を続ける四人の脇から、デイパックの男が「あれです」とガラスケースを指差す。なるべく化石に焦点を合わせないようにしながら、そちらに目をやった。

「え――？」予想もしなかったことに、環はたじろいだ。

ケース上面のガラス板に、赤い文字がいくつも書き殴られている。

「これ……落書きですか？　〈ニセモノ〉って――」

その真下にある化石のことを指しているのか、子供が書いたような〈ニセモノ〉という文字が十ばかり並んでいる。

環は男たちを押しのけるようにして、その文字に顔を寄せた。指でそっと触れてみて分かった。口紅で書かれているのだ。

左にいた小太りの中年男が言った。「落書きにせよ、少しは知ってる人間の仕業だと思いますよ。デボン紀のモロッコ産だけに書いてますから」

「デボン紀の――モロッコ産……？」化石に添えられたプレートに、地質時代と産出国が記されている。「なるほど、確かにそうみたいですね」

とりあえずそう答えたが、「デボン紀」がいつなのかがよく分からない。ガラスケースの奥のボードに貼られた掲示物に、さりげなく目をやった。三葉虫の解説文の下に、地質時代をまとめた表が載っている。〈デボン紀〉と書かれたところに〈四億年前〉の目盛りがついていた。恐竜が繁栄した時代より二億年ほど古いことになるらしい。

「さすがに『松宮コレクション』のコーナーには触れてないけどね」今度は右側から高校生ぐらいの男子が口をはさんだ。「松宮さんのが偽物のはずないもん」

環はいったんその場を離れてフロアの隅に行き、携帯電話で地学研究部の主任研究員に事情を伝えた。特設ブースに戻ると、五人のマニアたちはまだモロッコの三葉虫談義に花を咲かせていた。

「今、担当者が来ますから」

環が告げると、デイパックの男が試すような口ぶりで訊いてきた。

「調べるんですか？　偽物かどうか」

「さあ。わたしには何とも」環は肩をすくめた。

「モロッコのものには、我々が見てもちょっと分からないような、出来のいい偽物がありますからねえ」小太りの男が眉をひそめる。

「調べない方がいいという説もある」高校生が嘲《あざけ》るように言った。「デボン紀のモロッコ産には、それぐらい偽物が多い」

「そうなんですか？」思わず訊き返した。

「デボン紀の三葉虫は、ど派手な形態のものが多くて、人気があるんです。ほら——」デイパックの男が得意げにガラスケースの化石を指差す。「長いトゲが全身に生えてるクアドロプスとか、円筒状の巨大な眼《め》をもったエルベノチレとか。ワリセロプスなんか、頭の先に大きな三つ叉《みまた》のフォークがついてるでしょ」

　嫌々ながら、環もそれらの化石を順に見ていった。化石と言っても、死骸がぺしゃんこにつぶれたような平面的なものではない。細部まで立体的な状態を保ったまま見事に取り出されていて、母岩《ぼがん》──化石が入っていた岩石──とは腹の部分でつながっているだけだ。まるで、白っぽい岩石の上に、今にも動き出しそうな黒い三葉虫がへばりついているように見える。

「確かにみんな個性的というか……珍妙な形ですね」

　どの種を見ても、ファンタジーかSFに登場する架空の生物のようだった。確かに、その独特なフォルムに魅せられたコアなファンがいても不思議ではない。

「こういう複雑な形態の化石が欠損のない完全体で見つかることは、すごく稀《まれ》なんです。そういう品は、とてつもなく高い」

「いくらぐらいするものなんですか？」どちらがここのスタッフか分からないような質問だったが、もう気にならなかった。

「希少種になると、百万や二百万はざらです」

「え！　そんなに？」

「金に糸目をつけないコレクターは世界中にいますから」デイパックの男は訳知り顔で

腕組みをする。「それだけに、偽物も氾濫するんですよ。違う個体のパーツを組み合わせたり、一部を人工物で補修するくらいならまだいい。モロッコの偽物は、オリジナルの化石を型取りして、石膏や樹脂で大量にコピーするんです」

「ひどいな……」

「粗悪品は土産物として売られるんですが、中には精巧にできたコピーもあって、本物として流通していることもよくあります」小太りの中年男が言った。

「明らかな作り物を本物として載せてる図鑑まである」高校生が鼻で笑った。「天下の国立自然史博物館が企画展で同じようなことしたら、さすがにやばいっしょ」

そのとき、古生物研究グループの柳井《やない》が小走りでやってきた。

「なになに？　落書きってどういうことよ？」口ひげを触りながら、一同の顔を見回す。

環が困り顔で場所を空けると、柳井はガラスケースにかがみ込み、「あーあー」と声を上げた。「何やってくれてんのよ、まったく。これ、すぐ消える？」

柳井は腹立たしげに口をとがらせ、人差し指で〈ニセモノ〉の文字をこすった。

2

落書き騒動から丸一日経っても、環のもとには何の情報も入ってこなかった。研究棟にある環のオフィスは地学研究部と階が違うので、古生物研究グループの面々と顔を合わせることもない。

昼食に出た帰り際、その後の様子が気になって「三葉虫展」のブースの前を通ってみた。数人の来館者がおとなしくガラスケースをのぞいているところを見ると、落書きはすでに消されたらしい。

そのまま通り過ぎようとしたとき、外国人が話す日本語が耳に留まった。見れば、フロアの中央で、驚くほど背の高い男が、教育ボランティアの中年女性に大きな身振りで何か訴えている。

彫りが深く美しい顔立ちに、強く縮れた短髪。ひげこそたくわえていないが、その浅黒い肌は中東系にも見える。まだ九月に入ったばかりだというのに、ベージュのロングコートをはおり、首に白い布を巻いている。足もとには段ボール箱を載せたアルミ製のキャリアーと大きなザックがあった。

教育ボランティアの女性は、足を止めた環の姿を認めると、助けを求めるような目で会釈を寄越してきた。

「どうかしました？」環は二人の方に歩み寄る。

「この方、ここの研究員とお知り合いだそうで、その人のところに案内してほしいとおっしゃるんですが……お約束があるわけではないとのことですし、どうしたものかと」

環が男を見上げると、男は柔らかな笑顔を向けてきた。

「ミックリさんです」

「箕作類《るい》、ですか？　動物研究部の？」

「はい。昔からの友人なんです。私は、サイード・ダフビ、と申します」

発音こそ外国人特有のものだったが、男の日本語は流暢《りゅうちょう》だった。

結局、環が箕作の部屋に電話をかけて確認をとり、男を「赤煉瓦」まで連れて行くことになった。電話の向こうの箕作は、サイードという名を聞いて、珍しく喜びを隠さなかった。

継ぎ足されて迷路のようになった古い建物内を並んで歩きながら、サイードに訊いた。

「お国はどちらですか？」

「モロッコです」

「ああ」思わぬ偶然に、声がもれる。

「私はアマジグ——いわゆるベルベル人です。先週、マラケシュから来ました。知ってますか？　マラケシュ」

「旧市街が有名なところですよね？　日本人にとっては、エキゾチックな街の代名詞ですよ」

「二十二歳のとき初めて日本に来て、四年間、モロッコ料理店で働きながら大学で勉強しました。今はモロッコ、日本、アメリカと、行ったり来たり」サイードはジェスチャーを交えてにこやかに言った。

　地下通路を通って「赤煉瓦」に入り、二階に上がる。扉が開け放たれた箕作の部屋の前まで行くと、中で箕作が待ち構えていた。

「久しぶりだな」右手を差し出しながら箕作が言った。

「一年ぶり、ですね」サイードもその手を強く握り返す。

「何かいい出物でもあるのかい？」

　箕作はそう言ってサイードをソファベッドに座らせた。サイードはキャリアーに積んだ段ボール箱を床に下ろし、ガムテープを剥がし始める。

「ありますよ。でも、ミックリさんのためじゃないです。今このミュージアムで三葉虫のイベントやってますね。だから、営業です」サイードは器用にウインクをした。

「ふん」箕作が可笑《おか》しそうに鼻を鳴らす。「なるほど、そういうことか」

　サイードは段ボール箱から取り出した小さな紙箱をテーブルに置き、ふたを取った。中に入っていたのは、頭に三つ叉のフォークがついた三葉虫の化石だった。

「これって確か、デボン紀の――」環が言った。

「『*Walliserops*《ワリセロプス》 *trifurcatus*《トリフルカトウス》』か」箕作が吟味するように顔を近づける。「よく出来てる」

「よく出来てる？」

環が眉をひそめて訊き返すと、サイードが顔の前で人差し指を振った。

「騙されてはいけません。偽物ですよ」

「サイードは、三葉虫の模造化石を専門に扱う業者なんだ」

「はい」サイードはいたずらっぽく笑った。「マラケシュから来た偽化石売りです」

「てことは――ちゃんとレプリカだと謳《うた》って売るってことですよね？」

「当たり前だろうが」箕作がにらみつけてくる。

「大量生産したものは、マラケシュで観光客に売ります。ちゃんと作ったレプリカは、日本やアメリカで売ります。ここのミュージアムショップに置いてもらいたいと思って、サンプルを持ってきました」

サイードは紙箱からワリセロプスを取り出して、環に手渡した。三葉虫の体長は頭のフォークを含めて十センチ余りだが、それを弁当箱ほどの大きさの母岩――この場合は化石の土台にする岩石のことだ――に貼り付けてあるので、ずっしりと重い。

「すごい」思わず息がもれる。「迫力があるし、細かい突起まで完璧。とてもレプリカには見えない」

「最高の化石を使って型取りしていますから。材料は岩石に質感が近い特別なセメントです。本物そっくりにペイントする技術ももっています。土台の母岩には、本物のライムストーン――石灰岩を使っています。本体を母岩に接着して、継ぎ目とか材質の違いが目立たないように、全体に細かい傷をつけます。すべてプロフェッショナルの仕事です」

「へえ。レプリカとはいえ、手間がかかるんですね」

「それでも、モロッコで作りますから、安いです。日本で売っても、数千円。私には特別なルートがありますから、安く仕入れることができます」

「特別なルート？」

「サイードの生まれた町は、アンチアトラス山脈のふもとにある」箕作が言った。「デボン紀の地層が大規模に露出している地域だ。その一帯では、ずいぶん前から三葉虫化石が主要な産業になっているんだ」

「産業というほどのものじゃないです。うちの家族もそうでしたが、みんなただの貧しい化石掘りです。町には腕のいい化石職人がたくさんいます。偽化石の職人もね」

「そうか。地元の知り合いに直接発注するから、安く商品が用意できるんですね」

環はワリセロプスを箱に戻しながら、箕作に訊ねる。

「ところで、三葉虫展の落書き騒動のこと、聞きました？」

「ああ。三葉虫マンも気に病んでたよ」三葉虫マンというのは、柳井のことだ。

「落書きというのは、何のことですか？」サイードが首をかしげた。

箕作が事情を説明すると、サイードは思わせぶりに二度ほどうなずいた。

「それ、ただのいたずらだといいのですが」

「ほう」箕作が眉を上げた。「模造化石のプロとして、何か意見があるようだな。展示はもう見てきたんだろう?」

「はい。怪しいものを見つけたわけじゃないです。ガラスケースに入っていると、私にも見分けられません。でも私、外国のミュージアムでモロッコの偽化石が本物として展示されているのを、何回か見たことがあります」

「ふん」箕作はあごに手をやった。「よかったら、一度うちの三葉虫マンと会ってやってくれないか。彼も君の意見を聞きたいだろう」

「いいですよ」サイードは気安く言って、また段ボール箱の中を探った。「それより、ミツクリさんにもいいものを持ってきました。出物です」

そう言って取り出したのは、一冊の古い洋書だった。それを受け取った箕作は、怪訝《けげん》な顔で眼鏡を上げ、ぱっと目を見開いた。

「『貝類学者入門』!? ポーの『貝類学者入門』じゃないか!」

「二冊手に入れましたから、一冊お売りしてもいいですよ」サイードが人差し指を立てた。「あるいは、ミツクリさんの蔵書と交換しましょう」

「こいつは確かに、出物だ」

「ポーって……貝類の大御所か何かですか?」

「ふん」箕作は見下すような目をした。「ポーと言えば、エドガー・アラン・ポーに決まっている」

「え？　じゃあその本、推理小説なんですか？」

「話にならん」箕作はかぶりを振って、話を打ち切った。

標本収蔵室八号にある書棚で古い洋書を抜き差ししながら、箕作が言った。

「ポーの著作の中で、彼が生きている間に重版されたのは、『貝類学者入門』しかない。推理小説の類いは、まるで売れなかった」

雑多な書物が無秩序に突っ込まれた書棚を見ていると、整理したくて体がむずむずしてくる。環はその衝動に耐えながら訊いた。

「ポーには科学の素養があったんですか？」

「いや、素人だ。事情はいろいろあったようだが、ポーは友人の研究者に頼まれて、名前を貸しただけらしい。部分的に執筆したり、フランス語の資料を翻訳したりといった貢献はしたようだがな。おっ」

箕作は声を上げて右手を伸ばし、古めかしい大判の洋書を抜き出した。たまったほこりを払いながら、部屋の奥で別の書棚を見ているサイードに声をかける。

「おい、これはどうだ？　アゴスティノ・シッラの『デ・コルポリブス・マリニス・ラピデセンティブス』」

「ああ」サイードがガラクタの向こうで答える。「残念ながら、私も持ってます。よく描けたスケッチがたくさん載っているので、仕事の参考にしています」

「何ですか？　その長ったらしいタイトル」環は訊いた。

「『化石化した海産物について』――ぐらいの意味だな。十七世紀後半のイタリアの博物学書だ」

「ポーの本と交換するのはいいですけど、この部屋の本、博物館のものでしょ？」

「この書棚にあるのは僕の私物だ。部屋に入りきらなくなったので、ここに置いてある」

箕作がその博物学書を手近な棚板の上に無造作に置いたのを見て、思わず「ちょっと！」と声を上げる。

「何やってるんですか！　なんで元の場所に戻さないんです？」

「なんでとは何だ。大きな声を出すな」

「そういういい加減なことを繰り返しているから、情報が散逸するんです！　ものに定位置を決めておくのは、整理整頓の基本中の基本ですよ？　そんなことで、どこに何があるか把握できているなんて、よく言えますね」

箕作は渋い顔で環をひとにらみすると、イタリアの博物学書をつかみ取り、書棚上段の元の位置に差し込んだ。

そのとき、廊下の端で柳井が「箕作くーん」と呼ぶ声がした。

環は廊下に出て柳井をつかまえると、書棚の前から離れようとしない箕作とサイードを急《せ》かして、二階の箕作の部屋に戻った。

柳井は時おり口ひげをつまみながら、経緯を話した。

「――だから、〈ニセモノ〉と書かれていたのはデボン紀のモロッコ産だけで、全部で十一個。気になるのは、そのうち七個が新しく買った標本てことなんだよね」

「今回の企画展のためにですか?」箕作が訊いた。

「うん。初めは、松宮さんのコレクションと館の所蔵品だけでいけると思ってたのよ。でも、うちにある標本をあらためてリストアップしてみたら、足りないものとかイマイチなものが多くてさ。予算もついたことだし、いくつか買い足したり買い直したりしたわけ。見栄えのいいやつを」

「買ったのは、モロッコ産だけですか?」

「いやいや、オルドビス紀のものはロシア産を買ったし、シルル紀のはアメリカ産。仕入れたのは昔から取り引きのある業者ばかりだし、偽物のはずないんだけど」

「モロッコ産を仕入れたのは、なんという業者ですか?」サイードが訊いた。

「アメリカのパレオ・フォッシル。あそこはね、コンポジット、コンポジット、修復をかけた場合はそれがどの部分かということ細かに商品に表記すんの。まっとうな業者だよ」

「あの……」環はおずおずと口をはさんだ。「コンポジットというのは——?」

「ばらばらで出てきた複数の個体のパーツを組み合わせて、一体の化石にしたもののことだ」箕作が言った。

サイードは短く息をついてかぶりを振った。

「確かに、パレオ・フォッシルは悪い業者ではありません。でも、彼らが化石を買い付けてくるのは、マラケシュの卸業者です。商品の中に偽物が紛れ込むことはあり得ます。私、パレオ・フォッシルが扱った偽物を、二回見たことがあります」

「新しく買った化石が本物かどうか、まだきちんと調べていないんですか?」環は柳井に訊いた。ずっと疑問に思っていたことだった。

「調べるって簡単に言うけどさあ」柳井は頭をかいた。「そりゃ、ルーペでよく見てみるぐらいのことはしたさ。でも、そんなんで見抜けるような偽物なら、こっちだって初めからつかまされやしないよ。だからって、簡単に削ったり切ったりもできないし。標本傷つけたくないじゃん」

「私、手伝いましょうか?」サイードが言った。

「ん?」柳井が身を乗り出す。「何かいい方法でもあんの?」

「必ずうまくいくとは言えませんが、ひとつだけあります。試してみますか？」

「何かやれることがあるのなら、そりゃお願いしたいよ」

ひょいと頭を下げた柳井に、箕作が訊ねる。

「ところで、監視カメラの方はどうでした？　落書き犯らしき人物は映ってましたか？」

「うん。池之端さんが地学研究部に通報してくれた三十分くらい前かな。特設ブースの周りが無人になった時間帯が五分ほどあったのよ。ま、平日の午後一番でフロア自体ががらんとしてたんだけど。その間に、小柄な女性が一人現れてさ、左端のガラスケースにぴたっと張りついたわけ。両腕をガラスに載せて、上半身をその上にかぶせるみたいにして。右手がもぞもぞ動いてたから、たぶんあれだね」

「やっぱり女でしたか」環は腕組みをしてうなずいた。「使ったの、口紅ですもんね」

「どんな女です？」箕作が訊いた。

「どんなって言われてもねえ。映像は斜め後ろからだし。わりと若い女だと思うよ。上は長袖の黒いTシャツで、下はジーンズ。顔を隠したかったのか、帽子かぶって、眼鏡とマスクしてさ」

「受付のスタッフに、映像は見せましたか？」

「見てもらったけど、覚えてないって。そりゃそうだよね。チケット買うのは自動券売機だし。昨日は不審な客もいなかったと思うって」

閉館時間を待って、作業を始めた。

パレオ・フォッシル社から買ったモロッコ産の七個の化石をガラスケースから取り出し、柳井の指示で箱詰めをして、台車で研究棟に運んだ。化石クリーニング室では広すぎるとサイードが言ったので、その隣の小さな石工室を使うことになった。

部屋中央の作業台に七個の化石を並べると、サイードが大きなザックから細長い箱状の装置を取り出した。片側に蛍光灯のようなものがついている。

「それはもしかして――」箕作が言った。

「はい。ブラックライトです。樹脂や接着剤が使われている場合、これで照らすとその部分が発光します」

「なるほど。そりゃいいアイデアだわ」柳井が感心して言った。

「化石の業界ではあまり知られていませんが、宝石の業界ではよく使われるやり方です。すみませんが、タマキさん」サイードが窓のブラインドを下ろしながら微笑みかけてくる。「照明を消してくれますか?」

環が壁のスイッチを押すと、部屋は暗闇に包まれた。ドアには小窓もついていないので、光はどこからも入ってこない。

「ちょっと待ってください——」サイードの声だけが響いた。

しばらくすると、かすかな青い光が作業台を鈍く照らした。サイードは向かって左端の化石から順に、ブラックライトを近づけていく。

「あ！　光ってますよ！　ほら、ここ！」環は二番目の化石を指差した。トゲの先が青白い光を放っている。

「レオナスピスでしょ」柳井が驚きもせず言った。「それはいいの。トゲが樹脂で修復されてるのは知ってる」

「ああ、そうでしたか……」環は肩をすぼめた。

サイードが四番目の化石にブラックライトを当てたとき、その手が止まった。

「これです。この『モロッコニテス』」

「え——？」よく目を凝らして見れば、三葉虫と母岩の境目に沿って、途切れ途切れに細い光の線が見える。

「接着剤か」箕作がつぶやいた。

「そうです。偽物を母岩に貼り付けた痕《あと》ですね」

「モロッコニテスだったかあ……」柳井がうめいた。「まさかなあ。これ、わりと流通量も多いし、デボン紀のものにしちゃ見た目も地味だしさあ。なんでまた……」

「確かに、いかにも三葉虫って形ですね。オーソドックスっていうか」顔を近づけた環は、化石の頭部にある突起に気づいた。「あ、でも角が一本生えてる」

「それが〝ユニコーン・トリロバイト〟と呼ばれる所以《ゆえん》だ」箕作が言った。「学名は『*Morocconites*《モロッコニテス》 *malladoides*《モーラドイデス》』」

サイードは残りの標本も丁寧に調べたが、他に偽物の疑いのある標本はなかった。

部屋の照明をつけると、柳井が大きなため息をついた。

「まあ、とにかくだ」自分を励ますような口ぶりだった。「偽物を展示し続けずにすんでよかったと言うべきだよな。そういう意味では、あの落書きにも感謝だけどさ」

「何者なんでしょうね？　監視カメラの女性」

環はそう言って柳井と箕作の顔を順に見た。

柳井が答える。「謎だよね。いたずらのつもりが、たまたま本当になったのか。それとも、何か根拠があってやったのか」

箕作は無言のまま作業台にかがみ込み、モロッコニテスの化石を渋い顔で凝視していた。

3

「――モロッコに持ち帰る？」

書斎机で古い図鑑に目を落としていた箕作が、ようやく顔を上げた。

「サイードが言い出したのか？」

「ええ。あのモロッコニテスをマラケシュに持ち帰って、偽化石がモロッコ国内のどういうルートで欧米の有名ディーラーに流れているのか、調べてみたいそうです。真面目にレプリカと謳って商売している自分たちにも関係がある問題だからって」

それは今朝研究棟ですれ違った柳井から聞いた話だった。

「ふん」箕作は不満げな声をもらし、天板の上に長い足を投げ出した。

そのとき、開いたままのドアが叩かれて、柳井が顔をのぞかせた。

「サイードさん、来てる？」

「いえ、今日はまだ」

「あ、そう」

柳井はそう言うと、うしろの人物を部屋の中へとうながした。現れたのは、初老の男だった。豊かな白髪を横になでつけ、のりの利いた白いワイシャツを着ている。どことなく品のある男性だ。

「こちら、松宮豊《ゆたか》さん」

「ああ！」箕作は慌てて机から足を下ろし、立ち上がった。「『松宮コレクション』の――」

「あなたが〝ファントム〟さんですか」松宮は嬉しそうに言った。「お噂をいろんなところで耳にするもんですから、いつかお目にかかりたいと思っておったんです」

「この度は、貴重なコレクションを弊館のために——ありがとうございます」

姿勢を正して頭を下げる箕作を見て、環は目を丸くした。箕作がここまでするということは、松宮はよほど尊敬を集めているコレクターなのだろう。

柳井が言った。「今回のこと、松宮さんにもご報告しておいた方がいいと思ってさ、昨日電話させてもらったんだ。そしたら松宮さん、すごく気にかけてくださってね。つてを頼っていろいろ調べていただいたんだよ」

環がコーヒーを淹《い》れている間に、松宮はソファベッドに腰を落ち着け、穏やかな口調で語り始めた。

「私自身は、滅多に化石は買わんのです。外国でもどこでも、自分の手で化石を掘るのが好きでね。それでも、この世界に長いことといますと、業者にも知り合いはできる。パレオ・フォッシル社にも友人がいましてな」

「昨日の晩、わざわざその人に国際電話をかけて訊いてくださったんだよ」柳井が言った。

「友人の話によると、パレオ・フォッシルは、マラケシュにあるモロッコ系フランス人の卸業者から件《くだん》の化石を買い付けたそうです。そのフランス人がどこでそれを仕入れたかというと、モロッコ南部にあるカムディートという小さな町の現地業者だった」

「カムディート——」箕作が小声で繰り返す。

松宮は小さくうなずいた。「私も一度だけ行ったことがあります。もともと化石掘りの盛んな土地でしたが、ずい分昔に掘りつくされましてね。いい化石が出なくなった。近隣の村人たちは、土産物用の模造化石を作ることで、なんとか生計を立てていたんです」

松宮はコーヒーをひと口すすって喉をうるおし、続けた。

「ところが、五年ほど前、化石の出る山が新たに発見されましてね。希少種がよく出ることが分かって、アメリカの業者が山ごと買い占めたんです。以来カムディートは再び脚光を浴びるようになった。ですから、今カムディートから出荷される化石には、二種類あるんです。一つは、山を持っているアメリカの業者が扱う一級品。もう一つは、地元の人々が今も細々と作っている模造品です」

「ということはですよ」柳井が言った。「フランス人の卸業者は、出どころが同じカムディートなのをいいことに、偽化石を一級品に混ぜて売ったってことですか？　ま、知らなかったのかもしれませんけど」

「その可能性が高いでしょうね」

松宮はしばらく何か思案するように目を伏せて、また口を開いた。

「最近、カムディートの模造化石について、妙な噂を耳にしたんです」

「今回みたいに、本物として出回ってるってことですか？」柳井が訊いた。

「いえ、そうじゃありません。逆ですよ。カムディートから出荷される模造化石の中に、超一級の本物が混ざっているというんです」

「本物？　どういうことです？」

「詳しいことは私も知りません。ツーソンの鉱物ショーやなんかで、そういう噂を小耳にはさんだだけで。市場に出れば数百万円で取り引きされるような逸品だそうです」

「数百万！」環は目を丸くした。

しばらく黙っていた箕作が、松宮に鋭い視線を向けた。

「松宮さん。カムディートで模造化石の製造を取り仕切っている人物について、調べることはできますか？　出荷の窓口になっている人間でもかまいません」

「できないことはないと思いますが……なぜです？」

「カムディートは、サイード・ダフビの生まれた町です」

「え？」環は思わず声を上げた。「それって、もしかして――」

箕作は柳井に目を向けた。「サイードは、あのモロッコニテスを国に持ち帰りたいと言ったそうですね？　もしかしたら彼は、あれが自分の町で作られた偽物だということを初めから知っていたのかもしれない」

「今回の騒動はサイードさんの自作自演だったってこと？」柳井が訊いた。「もしそうだとしても、あれを取り戻すことにいったいどんな意味があるっていうのよ？　偽物を本物として流通させてしまったことを隠蔽《いんぺい》しようとか？」

「あ！」環は手を打った。「もしかして、あのモロッコニテスが、その密かに出回っている超一級品ってやつじゃないですか？　数百万円のものを間違って普通の値段で売ってしまったので、慌てて取り返そうと――」

「いや」松宮がかぶりを振った。「どんなに状態のいいものでも、ただのモロッコニテスにそこまでの価値はありません」

「うーん……」環は腕組みをして、頭をひねる。「だったら、新種とか？　実はあの化石は、新発見のモロッコニテスの近縁種だった」

「それはないな」柳井が言い捨てる。「典型的な『*Morocconites malladoides*《モロッコニテス　モーラドイデス》』だよ、あれは」

「そもそも、そのモロッコニテスが模造品だということは、皆さんの目で確かめたのではないのですか？」松宮が一同を見回して言った。「接着剤の痕があったのでしょう？」

「サイードさんが細工をしたのかもしれない。ほら、石工室を暗くしてからブラックライトをつけるまで、ちょっと間があったじゃないですか」環は柳井に同意を求めた。

「暗闇の中、あの一瞬で接着剤を塗ったとでも言うのかい？　ちょっとなあ」

「そうだ！」環は別の可能性を思いついた。「だったら、もとから細工してあったのかも。化石にカムフラージュを施してあったというのはどうです？」

「カムフラージュ？」柳井が訊き返す。

「ただのモロッコニテスに見えるように、細工してあったんですよ。コンポジットでしたっけ？　あれみたいなものです。頭の角をあとから取りつけたとか。あるいは、別の種の三葉虫の上に、モロッコニテスの殻をかぶせたとか」

「殻をかぶせる……」柳井が口ひげをつまんだ。「なるほど。確かにそれなら可能だし、接着剤の痕も説明がつくな」

「では、割ってみますか？」松宮が口角を上げて一同を見回した。「中から何が出てくるか、割ってみるまで分からない。それが化石採りの醍醐味《だいごみ》ですよ」

心ここにあらずと言った面持ちで壁を見つめていた箕作が、松宮に目を向けた。

「同感です」箕作は真顔でそう言った。「でも、もう少しだけ待ってください。できればそれは、サイード自身の手でやってもらいたいのです」

夕方近くになって、環はまた「赤煉瓦」に呼び出された。箕作が例のモロッコニテスをもう一度見ておきたいと言い出したからだ。

部屋をのぞいたが、箕作はいなかった。背後で床板のきしる音がしたので振り返ると、ちょうど箕作が階段を上ってきた。古い洋書を読みながら歩いてくる。

「持ってきましたよ」

「ああ。中のテーブルに置いといてくれ」箕作は環を見もせずに言った。

部屋に入ってくるなり、箕作はローテーブルに歩み寄った。開いたページとモロッコニテスの化石を見比べながらつぶやく。

「似てないこともないか――」

「何の本です？　三葉虫？」

「シッラの『デ・コルポリブス・マリニス・ラピデセンティブス』」

「ああ、こないだ下の収蔵室で見た、海産物の化石の本」環はそこで得意げにあごを上げた。「ほら、わたしのアドバイスのおかげで、すぐに見つかったでしょ？」

箕作は聞こえないふりをして、関係のないことを言った。

「この本には、巻き貝化石の精密なスケッチがたくさん載っているんだ」

「巻き貝？　なんでそんなもの――」

「ここだ」箕作はモロッコニテスがのった母岩の隅を指差した。「小さいが、巻き貝の形にへこんでいるだろう？　石工室で見たときに気がついた」

「ほんとだ」確かに、長さ二センチほどの円錐《えんすい》が押しつけられたような痕がある。「雌型の化石ですか。でも、これがどうかしました？　三葉虫がうじゃうじゃ出るような地層なんだから、貝なんていたるところに入ってるでしょ？」

「珍しいんだよ。実に」箕作は眼鏡を上げた。

「この巻き貝、希少種なんですか？」環ははっとして声を上ずらせる。「まさか、この貝が超一級の化石っていうんじゃ――」

「そんなわけないだろう」箕作は冷たくさえぎって本を閉じた。

箕作は環の隣にどすんと腰を下ろし、洋書をローテーブルに置いた。

「サイードは明日帰国する。空港へ行く前にここへ寄れと言ってある」

「そのときに、このモロッコニテスの正体を訊くつもりですか？　ああ、化石の殻を壊してみるのか」

「それに、ポーの『貝類学者入門』も受け取らないといけないしな。結局、あれと交換してもいいような稀覯本《きこうぼん》はなかった。現金で買うしかない」

「稀覯本はいいですけど――」環はずっと気になっていたことを口にした。「そもそも、サイードさんて何者なんですか？　箕作さんとはどういう関係なんです？　博物学の稀覯本まで扱うなんて、ただの化石業者とは思えない」

「本人が言ってただろう。サイードは偽化石売りだ。僕と知り合ったのは、彼が日本の大学で古生物学を学んでいたときだ」

「古生物学!?　じゃあ、専門知識があるんだ」

「サイードはフランスの大学で地質学を修めたあと、日本に来た。相当苦学したようだがな。研究者の道は選ばなかったが、かなりのインテリであることは間違いない。お互い博物学の古書愛好家ということもあって、親しくなった」

「そうだったんだ……」サイードの言動がスマートなわけが、分かった気がした。「大学を出てからは、ずっとレプリカ化石を売ってるんですか？」

「しばらく世界中を放浪したあと、モロッコに帰った。化石の商売を始めたのは、三年ほど前だ。年に数回、商品サンプルを持って日本にも足を運ぶようになった」

「どうしてその商売を始めたんでしょうね。まあ、専門知識も役に立たなくはないでしょうけど……。もっとアカデミックな仕事だって選べたはずなのに」

箕作は何も答えずに、浮かない顔で背もたれに体をあずけた。

4

朝九時半を回ったころ、サイードが現れた。大きなザックを背負い、段ボール箱をくくりつけたキャリアーを引いている。

箕作の部屋に環と柳井がいるのを見て、サイードは意外そうに眉を上げた。

「これは皆さん、おそろいで。見送りなら、ありがとうございます」

「フライトは何時だい？」箕作が訊いた。

「午後一時です。だから、まだ少し時間あります」

「そうか。でも、妹さんを待たせてるんだろう？」

唐突な問いかけに、サイードは固まった。

環にもそれは初耳だった。柳井に目をやると、やはり口を半開きにしている。

箕作が静かに続けた。「三葉虫展のガラスケースに口紅で〈ニセモノ〉と書いたのは、フラア・ダフビ。君の妹さんだね？」

サイードはしばらく無言で箕作を見つめ、肩をすくめて微笑んだ。

「知ってたのなら、紹介すればよかったですね。フラアも本当はミツクリさんに会いたがってましたから」

「松宮さんという化石コレクターの方が、調べてくださったんだ。君の故郷、カムディートで作られる模造化石の販売窓口になっているのは、フラア・ダフビという女性だとね。商売上、表に出るのは妹さん。君には別の役目があった。裏の仕事だ」

黙ってかぶりを振るサイードを横目に、柳井が訊ねた。

「もしかしてそれが、松宮さんが言っていた妙な噂？」

「サイードの仕事は、アメリカ、日本、ヨーロッパを回って、各国のコレクターの中に特別な顧客を獲得することです。ひょっとしたら、代金の回収もしているのかもしれない。金満コレクターたちに売りつけるのは、カムディートの模造化石に紛れ込ませた本物の超一級品。取り引きは完全に秘密裏におこなわれ、その存在もマニアの間で口コミでじわじわ広まる程度です」

「だから、その超一級品ってのは、どういうものなのよ？」柳井がいら立った。

「僕はそれを、サイード自身に明らかにしてほしい」

箕作がローテーブルに歩み寄ると、全員がその周りに集まった。テーブルに置かれていたのは、あのモロッコニテスの化石だ。その横には、岩石ハンマーと大小さまざまなチゼルが置いてある。

箕作がサイードに言った。「君が確かめてくれたように、このモロッコニテスは、母岩に接着剤で貼り付けられているんだろう？　悪いが、取り外してみてくれないか」

サイードはあきらめたように息を吐き、ローテーブルのそばに膝をついた。適当なサイズのチゼルを選び取ると、先端を三葉虫のそばに当てた。右手に握ったハンマーで、慎重に、だが慣れた手つきでチゼルを打っていく。

打つ位置を変えながら二分ほど作業を続けると、鈍い音がして三葉虫が外れた。それが張り付いていた部分には、接着面と思しき光沢がある。

「なるほど。確かに接着してあったようだ」

箕作はサイードからモロッコニテスを受け取ると、無造作にそれを裏返し、化石側の接着面を確認した。

「サイード。君はこれが偽物だと言った。僕は君の言葉を信じている。だからこそ頼むんだが、このモロッコニテスをハンマーで粉々に砕いてほしい」

「ちょっと！　ちょっと待った！」柳井が慌てて右手を伸ばした。「それはさすがにだめだろう」

「そうですよ」環はサイードにちらと目をやって、遠慮がちに言う。「中身まで壊れたらどうするんですか」

「砕いていいのか悪いのか、それはサイードが一番よく知っている」箕作は冷たく言って、サイードに目配せした。

サイードは左の手のひらに三葉虫をのせると、短く息を吐いた。箕作に一瞥を投げ、右手のハンマーを鋭く振り下ろす。

「あ――」

環が声をもらしたのと同時に硬質な破壊音がして、三葉虫は五、六個の破片に割れた。

箕作は破片を受け取ると、その中から一つずつ環と柳井に手渡した。断面に目をやると、露わになっていたのはきめ細かなセメント状の人工的な素材だった。モロッコニテスの殻の下に何かが隠されているようには見えない。

「何もないですね……確かに」環はつぶやいた。

箕作は手についた粉をはたき、サイードに向き直った。

「さて、モロッコニテスはバラバラだ。もう国へ持って帰るとは言わないだろう？　岩石くずとして処分しておくよ。そうだ」箕作は母岩をサイードに手渡した。「ついでに母岩の方も砕いてくれないか。粉々にした方が捨てやすい」

サイードは天井を仰ぎ、苦しそうに「ああ」とうめいた。だが、箕作に視線を戻したときには、穏やかな表情に戻っていた。

「ミツクリさん。もう降参です。それはできません」

「君が取り戻したかったのは、母岩の方なんだろう？」

サイードは大きく息を吐き、自らに何か言い聞かせるように二度うなずいた。

「粉々にはできませんが、割って中を見せます」サイードはハンマーを構えた。

「今度は慎重にやってくれよ」箕作が真顔で言う。「一度割れてるんだから、軽く叩けばいいだけだろう？」

サイードは弁当箱大の石灰岩を横に倒すと、側面を優しく叩いた。数回ハンマーを打つと、母岩はきれいに二つに割れた。

サイードがその断面をこちらに向ける。

「分かりますか？　黒い模様にしか見えないかもしれませんが」

「化石じゃん！」柳井がかん高い声を上げた。「化石が入ってるよね？　その母岩、化石原石だったんだ！」

「種はなんだい？」箕作が訊いた。

「『ブルメイステレラ』の新種です」

「ブルメイステレラ!?」柳井がまた叫んだ。「あの巨大な三葉虫か！」

「ブルメイステレラの完全体は、今まで一体も見つかっていないと言われています。この母岩とつながっていた原石から、ブルメイステレラの新種の体半分が出ました。これに残り半分が入っているのは間違いない。新種で、しかも完全体です。イギリス人のコレクターが、五万ポンド出してもいいと言いました。日本円で、約八百万円です」

「八百万……」環は惚《ほう》けたように繰り返した。

箕作が環を見た。「希少種の三葉虫が入った化石原石――それがサイードの裏の仕事の商品だ。ただし、それは模造化石の母岩――つまり化石を貼り付ける土台としてカムフラージュされ、納品されている」

サイードはうなずいた。「ところが、妹のフラアが、誤ってこれを単なるモロッコニテスの模造化石の一つとして卸業者に出荷してしまったのです。単純なミスです。私はそれがどこに流れていったか、調べました。そして、このミュージアムになぜか本物のモロッコニテスとして売られたことが分かったのです」

「だから兄妹《きょうだい》で来日して……。でも」環は釈然としなかった。「どうしてあんな騒動を起こす必要があったんですか？　自分たちの作った模造品が本物としてここに納入されてしまったようだから、とでも言えば——」

「そんなことをすれば、ヤナイさんからパレオ・フォッシルに、そしてマラケシュの卸業者へと話が伝わります。たかが模造化石一つになぜそこまで執着するのか——マラケシュでそんな疑問をもたれては困ります」

「そもそもだ」柳井が語気を強めた。「あなたたちの扱う原石に、どんな後ろ暗いところがあんの？　どうしてわざわざ模造品にカムフラージュする必要があんのよ？」

サイードに代わって、箕作が答える。

「サイードたちには、それを扱う権利がないからです。その原石は、アメリカの業者が持っている山で採掘されたものです」

「ええっ？」柳井が眉をひそめた。「それってつまり、盗掘ってこと？」

「初めに盗んだのはアメリカ人です」サイードの声が初めて強張《こわば》った。「私たちカムディートの人間は、そう思っています。カムディートは貧しい土地です。私たちは昔から、化石でわずかな現金収入を得てきました。いい化石が出なくなってからも、また新しい宝の山が見つかることを信じて、探し続けてきたのです」

「ということは、もしかしてそのアメリカ人の山も——」環が言った。

「そう。元々は近くの村人たちが見つけたのです。山を買ったアメリカの業者は、発掘作業に地元のモロッコ人を雇います。私たちに選択の余地はない。安い賃金でも、そこで働くしかありません。自分たちが掘った化石がいくらで取り引きされるかも知らされず、その日の食費とミントティー代を稼ぐことで満足させられているのです」

サイードはそこで目を閉じ、唇を噛《か》んだ。息を整え、また口を開く。

「アメリカ人たちは、その山をまるで採石場のようにしてしまいました。重機を入れて、大規模に削るのです。現場の作業員たちは常に危険にさらされています。三年前、大きな崖崩れが起きて、三人のモロッコ人が死にました。そのうちの一人が、私の父です」

環は息をのんだ。箕作もそれは知らなかったのだろう。眉を目いっぱい上げて、サイードの顔を見つめている。

サイードは押し殺した声で続ける。「そのとき、私は心に決めました。山をカムディートの人々のもとに取り戻す、と。そのためには金が必要です。私はベテランの化石掘りたちを仲間に引き入れました。やり方はシンプルです。岩石をハンマーで割ってみて、とびきりの上玉が入っていそうな場合、それをくず石としてある特定の場所に捨ててもらう。もちろん、全部をそうするわけではありません」

「ダイヤモンド鉱山のような厳しい監視がついているわけではないにせよ、やり過ぎると怪しまれるだろうからな」箕作が言った。

サイードがうなずく。「同時に、私は町の職人たちに声をかけ、模造化石業の組合を作りました。そして、山で捨てられたくず石を模造化石の土台として使わせてくれるよう、アメリカ人と交渉したのです。仲間が捨ててくれた場所から引き取ったくず石の中から、いい化石が入った原石を選び出し、割れた面をもと通りに貼り合わせて母岩を作る。それに模造化石を貼り付けて表面を加工すれば、私たちの〝特別な商品〟の出来上がりです」

箕作が腰のうしろで両手を組み、部屋の中をゆっくり歩き始めた。

「君が開拓した顧客たちは、フラアさんに模造化石を発注する。不自然に思われないよう、まとまった個数の注文が推奨されているはずだ。フラアさんは、模造化石の中に、その〝特別な商品〟を混ぜて売る。客はその母岩から化石を取り出し、クリーニングを施したあとで、価格を決める」

「お客さんが決めるんですか？」環が訊いた。

「化石を取り出してみないことには、本当の価値は分からないからな。だが、客は筋金入りのコレクターばかり。ケチなことは言わないだろう。これは僕の想像だが、発注の際には秘密の符丁があるはずだし、〝特別な商品〟には何か目印がついているはずだ。もしかしてそれは、〝逆巻きの巻き貝〟か？」

「さすがですね。ミツクリさん」サイードはにやりと笑った。「〝逆巻きの巻き貝〟が入った品を探している——それが合い言葉です」

「その巻き貝って、母岩に入ってたあの化石のこと?」環は訊いた。

「あれは化石ではありません」サイードが人差し指を振る。「化石そっくりに、職人が彫るのです。雌型ですから、まずばれません。客だけでなく、私たちにとっても、他の母岩と区別する目印になります」

「巻き貝は、種によって巻く方向が決まっている。だが、ごく稀にそれとは反対の向きに巻いている個体が存在する。それが〝逆巻き〟だ。小さな逆巻きの化石など、貝に興味のある人間でない限り見過ごしてしまうようなものだが、目印としては機能する」

サイードは、ブルメイステレラの入った原石を柳井の方に向けた。

「申し訳ありません、ヤナイさん。これはモロッコに持ち帰らせてください。その代わり、帰国したらとびきりのモロッコニテスを手に入れて、すぐにお送りします」

「それはかまわない。でもね、サイードさん」柳井が辛そうにかぶりを振る。「アメリカの業者がやっていることは、確かに感心しない。でも、あなたたちがしていることだって、容認はできないよ」

「ヤナイさん。モロッコでどれくらいの貧しい人々が化石に頼って暮らしているか、知っていますか?」サイードは悲しそうに言って、右手を広げた。「五万人です」

「それは確かにたいへんな数だけど……」

「安く買いたたかれるので、化石掘りたちは手当たり次第に採る。そして、いい化石が枯渇します。ビジネスとしての価値だけを求め、学問的な価値を台無しにしてしまう。私たちモロッコ人がもっと賢くなって、自分たちの手で化石ビジネスをコントロールできるようになれば、人々は潤い、研究の役にも立つ。私はそれを実現するために、モロッコに帰ったのです」

サイードは、ブルメイステレラの入った原石とともに、モロッコに帰っていった。

柳井がどこまで納得したのかは分からない。だが、二日経っても今回の件が研究員の間でまったく話題にのぼらないところを見ると、柳井もすべてを自分の胸だけにしまっておくことにしたのだろう。

その柳井にさっき聞いたことを箕作にも知らせておこうと、帰り際に「赤煉瓦」を訪ねた。

箕作の部屋のドアを開いた途端、立ち並ぶ背の高い瓶に行く手をさえぎられた。瓶の中では、すっかり色が抜けた巨大なヘビやトカゲがアルコールに浸かっている。

「もう！　何なんですか、これ」

「知り合いの爬虫類学者が要らないと言うので、もらってきた」箕作の得意げな声が聞こえた。「全部マダガスカル島のだぞ」

瓶の間を抜けて中に入り、部屋を見渡す。「なんだか、またガラクタが増えてませんか？」

箕作はソファベッドに仰向《あおむ》けに寝そべって、洋書をながめていた。

「友情の『貝類学者入門』ですか？」

環が声をかけると、箕作は本の下から視線だけを寄越した。

結局、エドガー・アラン・ポーが書いたこの珍本は、サイードが「友情のしるしに」と言って箕作に贈ったのだ。

「柳井さんのところに、サイードさんからEメールが届いたそうです。モロッコニテスを発送したからって。素早いですよね」

「彼らしい。ベルベル人は誇り高き自由の民だそうだからな。借りはなるべく少なくしたいんだろう」

「じゃあ、その本を置いていったのも、そういう意味ですか？」

「さあな」箕作はページを開いたまま、それを胸の上に置いた。

「それにしても――」環は小さな木製の丸椅子に腰を下ろした。「どの時点で気づいたんですか？　事の真相に」

「何か決定的なことがあったわけじゃない。情報が増えるにつれ、疑念がふくらんでいっただけだ」箕作は億劫《おっくう》そうに体を起こした。「きっかけとなったのは、あの〝逆巻きの巻き貝〟だ。石工室であれを見つけたとき、引っかかるものがあった。偽化石に逆巻きの貝——これは何かの目印じゃないか——と」

「よく逆巻きだって気がつきましたね」

「いつもなら見過ごしていただろう。だが今回は直前にサイードが自らヒントをくれたからな」

「ヒント？」

箕作はローテーブルの本の山から一冊の古書を抜き出した。イタリア語の書かれた表紙を環の方に向けて、ページをめくり始める。

「ああ、またそれですか。海産物の化石の本」

箕作はあるページを開いて見せた。紙面いっぱいに巻き貝が描かれている。

「ここに載っている巻き貝は、右巻きの種ばかりだ。ところが、この本ではすべてのスケッチが左巻き——つまり逆巻きに描かれている」

「ほんとだ。でも、どうしてです？」

「十八世紀半ばになるまで、博物学書の版画家たちは、版木に見たままの巻き貝を彫り込んでいた。その版木を使って印刷すると、どうなる？」

箕作は胸ポケットから愛用の万年筆を抜くと、紙の切れ端に〈ア〉と書いた。青いインクが乾かないうちに、もう一枚紙を重ねて上から押さえつける。

「左右が、逆になる？」

　環が言うと、箕作は重ねた紙をひっくり返した。かすれてはいるが、左右反転した〈ア〉の文字がうつっている。

「そうだ。こんな風に、鏡像になってしまう。正しく描いたはずの巻き貝が、逆巻きとして印刷されるんだ。当時は、貝の巻く向きなんてどうでもいいと思われていたらしい。サイードは博物学の古書マニアだ。当然それを知っていたはずだし、この本を仕事の参考にしているとも言っていた。この巻き貝の絵を眺めているうちに、〝逆巻きの巻き貝〟を目印に使うことを思いついたのかもしれない」

「そういうことでしたか。さすが同好の士ですね。思いつくことが似てる」

「母岩に秘密があるのではないかと疑ってはいたが、確信があったわけじゃない。最終的には、サイード自身の手で真相を暴かせるしかなかった。彼がモロッコニテスを壊すことができれば、大事なのはやはり母岩の方だということになる」

「わたし、母岩のことなんて、考えてもみませんでしたよ」

　箕作はテーブルに置かれたままの岩石ハンマーを手にとった。

「松宮さんの言葉が、それを思いつかせてくれた」

「あの人、何か大事なこと言ってましたっけ？」

「『中から何が出てくるか、割ってみるまで分からない』――」

「でもそれは、モロッコニテスを割るっていう話でしょ？」

「松宮さんなら、モロッコニテスを割ったあと、母岩も割ってみるんじゃないか――。そんな想像をしたんだ」箕作はハンマーで自分の手のひらを軽く打った。「そこに岩石があればつい割りたくなるのは、化石屋の常だ」

「ふうん」環は頬に手をやった。「でもそれって、わたしが乱雑な書棚を見ると整理したくなるのと同じでしょ？　わたしだって一応分類システムのプロなんだから」

ふくれっ面をして見せたが、箕作は見て見ぬふりをしている。環は丸椅子を引きずって箕作の正面に回り、その顔をのぞきこんだ。

「松宮さんのことがよく理解できるのなら、わたしの気持ちだって分かるはずですけど」

「それはお互い様だろう」箕作は、マダガスカルの爬虫類たちの方にあごをしゃくった。

「僕だって、珍しいものを見れば持ち帰りたくなる」

そして、また『貝類学者入門』を手に取ると、ソファベッドに寝そべった。

「それが博物学者の常だ」

死神に愛された甲虫

1

「これも全滅っぽいですね」

　環は手にしたドイツ型標本箱を作業台に置いた。箱の中できれいに整列させられた十二頭のカミキリムシは、どれも胴体に大きな穴があいている。害虫に食われたのだ。

　標本収蔵室二号の床は、多種多様な昆虫が入った無数の標本箱で埋めつくされている。箕作はその真ん中にあぐらをかき、次から次へと標本箱を手にとっては、被害状況を調べていた。

「最悪だ」箕作が苦虫を噛みつぶしたような顔でつぶやいた。両手で抱えた小さな標本箱には、よく似た形の甲虫《こうちゅう》が五頭入っている。どうやらそれも全部やられていたらしい。

　奥の標本棚で引き出しの中を調べていた松森《まつもり》が箕作に歩み寄り、肩越しにその箱をのぞきこんだ。分厚いレンズの眼鏡に手をやって言う。

「セアカですか。もったいないですね」

体長二センチほどの地味な甲虫だが、確かに胸の背板が光沢のある赤銅色をしている。

「希少種なんですか？」環は松森に訊いた。

「セアカオサムシです。昆虫愛好家なら一生に一度は自分の手で捕ってみたい種でしょう。私は小学生のときに十頭ばかり捕りましたが」

そう言って鼻の穴を広げた松森の表情は、夏休みの戦果を友だちに自慢する昆虫少年そのものだった。チェックのネルシャツにジーンズという服装が年齢不詳に見せているが、実際はもう五十近い。

甲虫の専門家である松森は、動物研究部の昆虫研究グループに所属している。甲虫というのは、カブトムシやカナブンのように頑丈な外骨格を発達させた昆虫のことで、背面を覆う硬い鞘翅《さやばね》の下に薄い後翅《うしろばね》を格納しているのが特徴だ。

「このセアカは気に入ってたんだ。いつかきちんと整理し直そうと思ってたのに」箕作がふてくされたように言う。

「ヒョウホンムシは、持ち主がお気に入りの標本から食べる――。我々の業界では、そんな風に言われています」松森は、つながりそうな太い眉をわずかに動かした。

「半年ほど前に見たときは、なんともなかったんです。密閉型のドイツ箱だからと油断してた。まったく」箕作は口惜しそうに頭をかきむしる。

環がここに呼び出されたのは、一時間ほど前のことだ。研究棟にある環の研究室に箕作が電話をかけてきて、「ヒョウホンムシが出た！　今すぐ松森さんを連れてこい」と一方的に命じたのだ。直接松森に連絡すればよさそうなものだが、電話番号を覚えていたのが環の部屋だけだったらしい。

ヒョウホンムシというのは、ヒョウホンムシ科に属する体長二、三ミリの甲虫の総称で、その名の通り乾燥動物標本を好んで食べる。博物館やコレクターにとっては大敵だ。

さすがの箕作も、今朝たまたまその被害に気づいたときは相当慌てたらしい。環と連れ立ってやってきた松森の姿を見るなり、その腕をとって標本収蔵室二号に引っぱりこんだ。

標本棚の前に戻った松森が、引き出しを元に戻しながら言う。

「食われているのはこの棚の標本だけみたいですね。とりあえず防虫剤を入れておきましょう。薬はうちの研究室にいくらでもありますから」

「燻蒸《くんじょう》の必要はありませんか？」箕作が眉間《みけん》にしわを寄せて訊いた。

「やるに越したことはありませんが——」松森は腕時計に目を落とす。「これから来客があるんです。燻蒸についてはまたあとで相談しましょう」

結局、環が松森と一緒に研究棟に戻り、防虫剤を取ってくることになった。薄暗い地下通路を並んで歩きながら、松森が言った。

「あなたは、箕作さんに好かれてるんですね」

「まさか」環は肩をすくめた。「むしろ、軽んじられてます。あの人は、わたしならこき使ってもいいと思ってるんですよ」

「しかし、あんなに気安く誰かに頼みごとをするファントムは、見たことがない。それに、あなたは『赤煉瓦』に入り浸っていると聞いています」

「入り浸ってなんかいません！」顔がかっと熱くなった。「たまたま妙な事件によく巻き込まれるだけです」

環の反論も、松森は意に介さない。「そもそも彼は、誰かが用もなく『赤煉瓦』に足を踏み入れるのを、すごく嫌うんです。よほどあなたのことを信頼してるんだ」

「そんなんじゃありませんよ。計算機屋だのバーコードレディだのって、いつもバカにされてるんですから」

「バーコードレディですか」松森はにこりともせず繰り返した。「噂によれば、私は彼に『ビートルマン』と呼ばれているようです」

「『ビートルマン』という呼び方には、ちゃんと敬意が含まれてるじゃないですか。でも、『バーコードレディ』は違う。あの人は、標本のことが分からない博物館の研究者なんて、絶対に認めないんですよ」

「生身の生物は、お嫌いですか？」松森が分厚いレンズの奥の瞳を向けてくる。

「嫌いってわけじゃありませんけど……」生き物よりコンピューターの方がかわいいと

は、さすがに言えなかった。

　そのまましばらく黙り込んでいた松森が、唐突に口を開いた。

「もしよかったら、私の仕事を手伝ってもらえませんか？」

「へ？」意外な申し出に、声が裏返る。「仕事って、どんな――？」

「さっきと同じような作業です。ヒョウホンムシに食われた標本と、無事だった標本とを分別する」

「まさか、展示室の標本も害虫にやられたんですか？」

「いやいや」松森がかぶりを振った。「うちの館じゃありません。仕事先は、老川信太郎《おいかわしんたろう》という著名なアマチュア昆虫研究者の別荘です」

「別荘？」

「老川氏が研究と標本の保存のために箱根に建てた別荘で、昆虫愛好家の間では『老川昆虫館』と呼ばれています。四年前に老川氏が亡くなって、昆虫館に所蔵されていた大量の標本がすっかり傷んでしまったらしい。無傷なものがあれば博物館に寄贈したいが、まずは状態を見てほしい――。信太郎氏の長男、老川照雄《てるお》氏から、そう依頼を受けたんです」

「なるほど。でも、わたしでいいんでしょうか？」

「人手が足りないのです。先月からすでに三回現地に出向いているんですが、なにせ点数が膨大でしてね。これから訪ねてくる客というのは、その照雄さんなんです」

老川照雄は六十前後のやせぎすな男で、丸々と太った妻の頼子《よりこ》とともに松森のオフィスに現れた。

父親の信太郎氏は地方銀行の頭取までつとめた資産家だったそうだが、息子夫妻も相当裕福なのだろう。照雄のスーツは見るからに仕立てがいいし、頼子の指には巨大な石のついた派手な指輪がいくつもはめられている。

テーブルをはさんで向き合った老川夫妻に、松森が環を紹介した。所属までは伝えなかったので、二人は環を松森の部下だと思ったようだ。照雄は環に向かって丁寧に頭を下げたが、妻の頼子は不機嫌な顔で「どうも」とだけ言った。

照雄が頼子の顔色をうかがいながら、口を開いた。

「妻とも相談したのですが……やっぱり、標本はすべて処分して、普通の住宅としてリフォームしようかと……はい」

「しかし」松森は一瞬眼鏡に手をやった。「まだすべての標本をチェックし終えたわけではありませんよ？」

「それはもちろん、そうなのですが……」照雄が気まずそうに隣の頼子を見やる。

「これまでに見ていただいた虫は、全部虫に食われてたんですよね？」頼子はいら立ちを隠さずまくし立てた。「虫食いのある虫は、博物館でも引き取ってもらえないんでしょ？　だったら全部捨てるしかないじゃない。まったく、食べるのも食べられるのも虫だから、ややこしくてしょうがない」

環はおおよその事情を理解した。信太郎氏の昆虫館を自分たちの別荘として使いたいと考えているのは、頼子の方なのだ。そして、夫婦の主導権をどちらが握っているかは明白だ。

同じことを察したのか、松森が照雄に目を向ける。

「照雄さんも、それでいいのですか？」

「いや、私は……」照雄は、横からにらみつけてくる頼子に気づいて口ごもった。何かに怯えているのか、かすかに震えた声で続ける。「も、もちろん、標本がすべてダメということであれば、そうすることになると思いますが……はい」

「前にも申しました通り、結論を出す前に、奥さんにも現地の様子を見ていただいた方がいいと思いますが」

「ええ、ええ。もちろんそうするつもりです」照雄は大げさにうなずいた。「頼子も、一度建物の中を見てみたいと申しておりますので――」

「はあ？」頼子が目をむいて大声を上げる。「あなたが言ったんでしょ!?　『信じられないなら自分で確かめてみろ』って。わたしは虫が大嫌いなの。虫屋敷なんて、本当なら近づきたくもないわよ！　虫がうじゃうじゃいるだけでも十分気味悪いのに、『死神が現れた』なんて、あなたがわけの分からないことを言うから――」

「お、おい」照雄が慌てて頼子をこづく。

「死神――？」耳を疑った環は、眉根を寄せて訊き返した。

「あ、あんまり変なこと言わないでくれよ」照雄が引きつった笑みを浮かべ、へつらうように言う。「ほら、先生方も驚かれてるじゃないか」

頼子は「ふん」と鼻息をもらし、太い腕を胸の前で組んだ。

環は釈然としないまま、隣の松森の反応をうかがった。松森は眉一つ動かさず、壁にかかったカレンダーを指差している。

「予定通り、次は今週の土日に箱根にうかがいます。作業を速く進めるために、こちらの池之端さんにも手伝ってもらうことにしました。今回は奥さまにお越しいただけるということで、よろしいですね？」

「仕方ありませんよ」頼子は憮然としたまま言った。「虫なんてさっさと片付けて、リフォームに取りかかりたいですから」

環が持ってきた防虫剤を標本棚に並べながら、箕作が言った。

「老川信太郎か」

「ご存じなんですか？」

床に散乱した標本箱を拾い集めていた環は、その手を止めて箕作を見上げる。

「当たり前だろう。在野ながら、迷蝶《めいちょう》研究の大家だった」

「メイチョウ？」

「台風や季節風に乗って、熱帯地方などから日本に迷い込んできたチョウのことだ。とくに沖縄地方でよく見られる」

「チョウ屋さんだったんですね」

「チョウ屋であり、甲虫屋でもあった。老川信太郎のコレクションとして有名なのは、むしろ甲虫の方だ。箱根の老川昆虫館には五万頭を超える貴重な甲虫の標本がある。だが、彼が尊敬を集めていた最大の理由は、そのコレクションじゃない。指導者としての活動だ」

「昆虫教室でも開いてたんですか？」

「お前はアマチュアをバカにしているのか？」箕作が蔑《さげす》んだような視線を向けてくる。

「なんでそうなるんです！」環は思わず足を踏み鳴らした。「そんなことひと言も言ってないでしょう？」

「昆虫の分野には、立派な業績を残した在野の研究者がたくさんいる。昔は日本中に昆虫の同好会や研究会があって、昆虫少年を研究者へと育てる土壌として機能していた。

老川氏は、自ら各地の同好会に出向いて、昆虫少年や愛好家を指導したんだ。プロの研究者の中にも、子供のころに彼の薫陶《くんとう》を受けたという者がたくさんいる」

「それはよく分かりましたけど」環は口をとがらせたまま言った。「わたしだって自分の得意なやり方で生物学に貢献しようとしてるんです。そりゃあ、わたしは昆虫採集もしたことありませんし、各種マニアの人たちに比べたら生き物への愛情はうすいかもしれませんけど」

「ビートルマンは、そんなお前を箱根に連れて行って、一体何をさせるつもりなんだ？お前がどんな戦力になる？」箕作は眼鏡を軽く持ち上げて、観察でもするように環の顔をのぞきこんだ。

「知りませんよ、そんなこと」

箕作から視線をそらした環は、肝心なことを思い出した。

「それはともかく、『死神』ってなんのことだか、心当たりありません？」

「死神？」

環は老川夫妻のやり取りをなるべく忠実に再現して聞かせた。興味をそそられたのか、箕作は防虫剤の入った袋を作業台に置き、そばの丸椅子に腰掛けた。

「つまり、旦那だけが箱根の昆虫館でその死神とやらを見たということか？」

「たぶん。で、その話を聞かされた奥さんが、今度それを自分の目で確かめに行くってことみたいです」

「松森さんはなんて言ってた？」

「なんにも。聞き流してました」

「ふむ」箕作はあごに手をやった。「老川昆虫館には五万頭もの甲虫が収められているからな。甲虫好きの神のふりをして、死神が現れたか」

「甲虫好きの神？　どの神様のことです？」

「お前はそんなことも知らないのか」箕作は器用に片方の眉だけを上げた。「偉大な遺伝学者、Ｊ・Ｂ・Ｓ・ホールデンの言葉だ」

「ホールデンぐらいは知ってますけど……」

　箕作は両手を広げ、朗読でもするように声を張り上げる。

「ある日、ホールデンは神学者の一団に囲まれて、『創造主の特質について、どんな結論が下せるか？』という質問を受けた。ホールデンはこう答えた。『確かなのは、神は甲虫をたいそう好まれたということです』」

「なんだ。そういうことか」

「神学者に対する痛烈な皮肉だが、真実をついている」

「甲虫って、確か飛び抜けて種の数が多いんですよね？」

「動物界の中で最大のグループだ。現在までに正式に命名されている動植物はおよそ百八十万種にのぼるが、その五分の一を甲虫が占めている」

「五分の一なんだ。すごい」

「約九千種が報告されている鳥類や、六千種に達している哺乳類の種数が、今後劇的に増加するとは考えにくい。だが昆虫についてはそのほとんどが未発見で、名前すらつけられていないんだ」

「昆虫学者の皆さん、これからたいへんですね」

「熱帯雨林の一本の木からそこに棲《す》むすべての昆虫を採集すると、その半数以上が未知の種だった、なんてことも珍しくない。新種が見つかる頻度から見積もれば、地球上に存在する昆虫類は、数千万種に及ぶとも言われている」

「数千万!? 神様も、えこひいきし過ぎじゃないですか?」

箕作は真顔であごに手をやった。

「神ならぬ、死神に愛された甲虫が、老川信太郎のコレクションの中にまざっているというのか……あるいは――」

独り言のようにつぶやきながら作業台の周囲を回り始めた箕作に、環が問い質す。

「で、結局、死神の正体に心当たりはあるんですか?」

箕作ははたと立ち止まり、怪訝《けげん》な顔を環に向けた。

「そんなものはない。思いつきを口にしたまでだ」

「なんだ。思いつきで意味ありげなこと言わないでくださいよ」

「お前のように何も思いつかないよりはマシだ」

「とにかく」環は苦い顔で短く息を吐いた。「あの夫婦は何か隠してます。とくに、照雄さんはずっと何かに怯えてるように見えるんですよね。老川昆虫館には、絶対に何か秘密がある」

2

土曜日の朝、照雄の運転するベンツで箱根へと向かった。

助手席の頼子は相変わらずの仏頂面《ぶっちょうづら》で、ほとんど口をきかなかった。昆虫に関する話題でない限り、松森も口数が多い方ではない。結局、ハンドルを握る照雄が他愛ないことをしゃべり続け、環がそれにひたすら相づちを打つという形になった。

照雄の話によれば、照雄自身は幼いうちこそ父親の手ほどきを受けて虫捕りに熱中したものの、中学生になると鉄道模型にのめり込み、昆虫の世界からはすっかり遠ざかったのだという。「実の息子が昆虫に見向きもしなくなった分、週末の度によその昆虫少年たちを別荘に集めては、熱心に教えてましたよ」と、少し寂しそうに笑っていた。

老川昆虫館は、箱根町仙石原《せんごくばら》にあった。別荘が建ち並ぶ緑豊かな一画だ。

真っ赤な切妻《きりづま》屋根が目立つ小さな二階建てで、築四十年になるという。白い壁には黒ずみが目立ち、ウッドデッキも一部が朽ちかけている。

玄関を入ってすぐの扉を開くと、そこは吹き抜けの大広間になっていた。中央に大きな木製テーブルがあって、二階の天井まで続く壁一面に標本棚が造り付けられている。その中ほどの太い柱には古めかしい柱時計があって、カチ、カチ、カチ、と時を刻む音を響かせていた。

二階の高さで吹き抜けをぐるりと囲む通路が取り付けられているので、標本棚の高い位置にもアクセスしやすい。広間の奥には作業台があり、顕微鏡《けんびきょう》や標本作りの道具が並んでいる。天窓から秋の光が降り注ぐその空間は、博物館か図書館の一室のようにも思えた。

この別荘が標本館として設計されたのは明らかだが、住居としての設備もすべて備わっている。一階の隅には小さなキッチンとバス、トイレがあった。

二階に上がると、吹き抜けに面した廊下に部屋が二つ並んでいた。その一つをのぞいてみると、立派なベッドが二つ置かれている。環は廊下の柵から顔を出し、下の大広間にいる照雄に訊いた。

「お母様もよくここに来られていたんですか？」

「というより、ずっとここに住んでいました。親父は六十五で銀行を辞めたあと、おふくろと二人でここに移ってきたんです。東京の自宅には月に一度帰るかどうかで」

「そうでしたか。で、今お母様は……？」

「半年ほど前から、病院に入ってます。まあ、もう歳ですからね」

そのとき、大広間のソファに座っていた頼子が、かん高い声を上げた。

「ちょっと！　さっさと作業を始めましょうよ！　こんなところ、何度も来たくないわ」

松森の指示で、標本の確認作業を始めた。

壁の巨大な棚から標本箱を取り出し、一つずつ状態を調べていく。照雄はこれまでも松森の手伝いをしていたらしく、手際よく標本箱を整理して、チェックを終えた箱を棚のしかるべき場所に収めていった。

どの標本箱を見ても、底板の上に黒い粉がたまっている。これは、害虫が標本を食う際に出る食べカスなのだ。

「ひどいですね。ほぼ全滅だ」環がため息まじりに言った。

「ヒョウホンムシだけでなく、カツオブシムシも大量に発生しているようですからね」

松森が淡々と応じる。

「私が悪いんです。親父の大事な標本を、何年もほったらかしにしてしまった」照雄は標本箱にたまったほこりを手で払った。「おふくろは、親父が死んだあともここに残って、一人で暮らしていましたが、標本の手入れの仕方は何も知らなかった。私がちゃんと見てやるべきだったんです」

「お母様は、ここを離れたくなかったんですね」

「東京よりも、ここの方が好きだったようです。ここで暮らすようになって初めて、親父と二人でゆっくり過ごすことができたからかもしれません」

しばらく頼子の姿が見えないと思っていたら、トイレの方で悲鳴が上がった。リフォームに向けて、水回りのチェックでもしていたらしい。

「あなたっ！　すぐ来てっ！　ム、ムカデがいる！」

照雄は慌てて腰を上げ、そちらに駆けていった。

松森はそんな騒ぎには目もくれず、次から次へと標本箱を手にとって、中の昆虫を凝視している。虫に食われているとは言え、貴重な標本に囲まれていると、どうしても夢中になるらしい。

「ハンミョウですね。さすがに見事だ」松森は分厚いレンズの奥の瞳を輝かせて、ピンで留められたカラフルな甲虫に語りかけた。

夜八時半まで作業を続け、店屋物の夕食をとることになった。

大広間のテーブルに食事が並ぶと、照雄がどこからか赤ワインを一本持ってきた。コルクを抜きながら、照雄が環に訊ねる。

「池之端さんは、いけるクチですか？」

「ワインは好きなんですけど、強くはありません。飲むとすぐに眠くなっちゃうんです」

「お好きなら結構」照雄はそう言って環の前のワイングラスに赤い液体を注いだ。「松森さんはお飲みにならないし、頼子も下戸《げこ》でね。今夜はお仲間がいてよかった」

食事は静かに進んでいたが、黙って丼をつついていた松森が、唐突に照雄に訊ねた。

「標本棚の他に、標本が保管されていそうな場所はありませんか？」

「さあ」照雄は首をかしげる。「例えばどういったところです？」

「そうですね」松森は眼鏡に手をやる。「寝室のクローゼットの中とか、床下収納の中とか。あるいは――この建物の裏に物置などはありませんか？」

「物置はありません。収納スペースはだいたい確認してみましたが、標本箱のようなものはどこにも――」

「標本箱に入っているとは限らないと思いますが」

松森の言葉にしては、どうも歯切れが悪い。死神に愛された甲虫――箕作の言葉が頭に浮かび、環はたまらず口をはさんだ。

「もしかして、何かお探しの標本でもあるんですか？」

「そういうわけではありません」松森はわずかに目を伏せた。「ただ、虫に食われていない標本がどこかに残っていれば、と思っただけです」

食事が終わるころには、ワインボトルが空になった。環が飲んだのは二杯だけで、残りは照雄が飲み干した。まるで早く酔いつぶれようとしているかのような飲みっぷりだった。

照雄は座ったまま船をこぎ始めた。環もさっきから眠気に襲われている。柱時計の鐘が午後十時を告げたとき、松森が言った。

「今日はもうすることもない。少し早いですが、我々も休みましょうか」

「ええ。そうね」頼子はどこか硬い表情でうなずくと、照雄の肩を乱暴に揺すった。

「ちょっとあなた。起きてちょうだい。今夜は酔っぱらってる場合じゃないでしょう?」

ベッドがある寝室を頼子と環が使い、男性二人はもう一つの部屋に布団を敷いて寝ることになった。

階段を上りながら、松森が訊いてきた。

「あなたは、寝つきがいい方ですか?」

「一度眠りに落ちたら、たいてい朝まで起きません」あくびを噛み殺しながら答える。

「でも、誰かのいびきなんかが気になり出すと、全然寝つけなくなります」

「私と同じだ。実はね――」松森は階下の様子をうかがった。老川夫妻は洗面所を使っている。「照雄さんはいびきがひどいんです。隣の部屋まで響いてくる。初めて彼とここに泊まったときは、一睡もできなかった。で、照雄さんが言うには、頼子さんは歯ぎしりがすごいらしい」

「ほんとですか。それはやだな」

松森は小さくうなずくと、バッグの中から小さな紙箱を取り出した。ウレタンの耳栓だ。

「よかったら、これを使って下さい。二組持ってきたので」

「いいんですか？　助かります」

今夜は耳栓など使うまでもないと思ったが、おとなしく受け取った。そんなことより、一刻も早く横になりたかった。

環は寝室に入るなりそれを耳にねじ込み、着替えもせずにベッドにもぐり込んだ。

「――そのとき、お前はまだベッドにいたわけだな？」

マホガニーの書斎机の上に長い足を投げ出したまま、箕作が言った。

「はい。まだ明け方でしたから。目が覚めて耳栓を取ったら、照雄さんと頼子さんが言い争う声が聞こえてきたんです。飛び起きて大広間に下りていくと、バッグを抱えた頼子さんが『もうここには一分たりともいたくない』ってわめいてて」

に、目だけが充血してて、すっごい形相でした」

「出て行こうとしてたわけか」

「どうしたのかと思って声をかけたら、頼子さんがわたしにつかみかからんばかりに訊いてきたんです。『あなた、ほんとに何も聞こえなかったの？』って。顔は真っ青なのに、目だけが充血してて、すっごい形相でした」

「で、お前はなんて答えたんだ？」

「その……」目を伏せて小さく言う。「『歯ぎしりのことですか？』って」

「はっ、とんだ間抜けだな」箕作が口の端をゆがめる。

「しょうがないじゃないですか！　そのときは事情がまるで分からなかったんだから」

「一体お前は何をしに行ったんだ」箕作は冷たく言った。

「ワインを飲んじゃったのが敗因です……。眠くなって、死神のことがすっかり頭から飛んじゃって……」返す言葉もなく、うなだれる。

「死神が現れるとしたら、夜中だろうが。そんなこと子供でも想像がつく。お前の隣で寝ていた頼子さんは、死神が現れた音を聞いたってことなんだろう？　それを、酔っぱらった挙げ句、ご丁寧に耳栓までして眠りこけるとはな」

箕作はコーヒーをすすり、居丈高《いたけだか》に続ける。

「頼子さんがどんな音を聞いたか、本当に何も分からないのか？」

環は力なくかぶりを振った。「頼子さんは何も言わずに出て行っちゃったし、照雄さんは『何か怖い夢でも見たようです』の一点張りで」

「松森さんは？」

「不審な物音は何も聞いてないそうです。もしかしたら、彼も耳栓をしていたからかもしれませんけど」

「耳栓は、松森さんの方からお前に貸したんだな？」

「そうですけど」

「ふん」箕作は、机に積まれた本の山から一冊の黄ばんだ雑誌を抜き出した。「お前が箱根で無駄な時間を過ごしている間に、僕は新たな情報を手に入れた」

あるページを開いて環に差し出す。見れば、ページの上半分に古い集合写真が載っていて、〈夏休みの昆虫合宿　八ヶ岳にて〉とキャプションがついていた。

『昆虫世界』という愛好家向けの雑誌だ。とっくに廃刊になったが。下の標本収蔵室八号に何冊か残っていた。写真の左端にいる中年男性が、老川信太郎氏だ」

「へえ。言われてみれば、照雄さんに面影がありますね」

「子供たちの中に、見覚えのある顔はないか？」

「はあ？　だいたいこれ、何年前の――あ！」一人の少年が目に留まった。つながりそうな太い眉毛に分厚いレンズの眼鏡――。「これ、もしかして松森さん？」

「ああ。三十五年前だから、中学生のころだな」

今の松森をそのまま縮小したような少年が、笑顔でそこに立っていた。チェックのシャツにジーンズをはいている。

「つまり、松森さんは、子供のころから老川信太郎氏と親交があったってこと？」

「彼は神奈川の平塚《ひらつか》出身だ。箱根にもよく足を運んでいただろう」

「そう言えば」環は口もとに手をやった。「松森さん、昆虫館で何か特別な標本を探してるみたいだったんですよね」

環は夕食時の会話のことを告げた。

「――もしかしたら、それが箕作さんの言ってた『死神に愛された甲虫』の標本じゃないかって、ちょっと気になったんですけど」

箕作はしばらく無言で書斎机に片肘をついていたが、やがて「ふむ」と口を開いた。

「もしかしたら、お前はとんだ茶番に付き合わされたのかもしれん」

3

一昨日、松森が箱入りの赤ワインを抱えて環のオフィスを訪ねてきた。老川照雄が、害虫調査のお礼に、と松森に言づけたものだった。

松森が言うには、老川夫妻は昆虫館を別荘としてリフォームする計画を断念したという。その理由について、照雄は「頼子があそこを気に入らなかったみたいでしてね」としか言わなかったそうだ。

そのことを箕作に伝えると、今朝になって突然「仕事が終わり次第、箱根に行く」と言い出した。箕作が借りたレンタカーで博物館を出発したのは、夜八時過ぎのことだ。

夜の東名高速を西へと走らせながら、運転席の箕作が言う。

「頼子さんは、死神体験がよっぽど恐ろしかったようだな」

「リフォームなんかしたら、死神に祟《たた》られるとでも思ったのかも」

「で、害虫調査の方はどうするんだ？　まだ終わってないんだろう？」

「ええ。松森さんは、最後までやるつもりだとおっしゃってました。急ぐ必要はなくなったから、一人でじっくりやるって」

御殿場《ごてんば》で高速を下り、箱根町に向かう。仙石原に近づいてきたころ、気がついた。

「行くのはいいですけど、どうやって建物の中に入るんです？」

「鍵は昆虫館の本来の持ち主のものをお借りした」

「本来の持ち主って――照雄さんじゃないんですか？」

「老川さとさん。信太郎氏の奥さんだ。さとさんは横浜の病院に入院中で、娘さん――つまり照雄氏の妹が、毎日のように病院に通っている。その娘さんに、昆虫館の中を至急調べたいと伝えて、鍵をお借りした」

「いつの間にそんなこと……」

昆虫館のある一画は外灯も少なく、真っ暗だった。ガレージに車を停め、虫の音が鳴る庭を抜けて、建物の中に入る。

吹き抜けの照明をつけると、箕作が壁一面の標本棚を見上げて「ああ」と感嘆の声を上げた。「懐かしいな」

「来たことあったんですか？」

「学生のころに、一度見学させていただいた」

箕作は環を置いて標本棚に歩み寄ると、手当たり次第に引き出しを開けては標本箱を眺め始める。傷み具合を確かめているわけでも、何かを探しているわけでもなく、貴重な甲虫の標本にただ夢中になっているようだ。

やがて、柱時計が午後十一時を知らせる鐘を鳴らした。箕作は我に返ったように振り返り、あごをしゃくって二階を指した。

「そろそろいいぞ。寝室に行け」

箕作に追い立てられるようにして階段を上がる。環が先に部屋に入ると、箕作が通路側からドアを閉めようとする。

「ちょ、ちょっと。わたし一人ですか？」

「怖いのか？」

「そんなわけないでしょう」環は無理に口角を上げる。

箕作は「明かりはつけるなよ」と言い捨てて、ドアを閉めた。

暗闇の中、手探りでベッドに近づき、腰を下ろす。急に室温が二、三度下がったような気がする。

扉越しに聞こえてくるのは、柱時計が時を刻む音だけだ。

カチ、カチ、カチ、カチ――。

視覚を奪われているせいか、聴覚が敏感になっている。

カチ、カチ、カチ、カチ――。

柱時計の音が、少しずつ大きくなっている気がする。

そのとき――。

環は耳を疑った。柱時計の音が、二重になったのだ。微妙にリズムをずらして、二つの時計が音を刻んでいる。

環の鼓動が速くなる。乾いた音に全神経を集中していると、もっと不思議なことが起きた。

カチ、カチ、という音が三重になり、やがて四重、五重になったのだ。音のする場所もまちまちだ。天井、窓際、背後の壁――。

背中に嫌な汗がにじんでくる。部屋を飛び出したい気持ちを抑えて、自分の両腕を抱きしめた。

時計の大合唱は止まらない。すでに部屋の周囲は数百個の時計に囲まれている。時を刻む音はどんどん近くに迫ってきて、環を狂気へと追い立てる。

環は思わず声を上げそうになって、ドアに飛びついた。

部屋を飛び出し、通路の手すりにしがみついて、深呼吸をする。足腰に力が入らない。大広間を見下ろすと、箕作がソファに寝そべっていた。

「死神は現れたか？」箕作は何食わぬ顔で訊いた。

「音が！　時計の音がすごいんです！　大量の時計」呼吸を整えながら言う。「箕作さんも聞いてきてください。きっとまだ聞こえますから」

「聞いたよ。お前が寝室に入ったあと、しばらく隣の部屋で聞いていた」

「何なんですか、あの音」

「死神が持っている時計の音さ。死への秒読みを刻む懐中時計。『デス・ウォッチ』ともいう」

「そういうことじゃなくて」震える足を踏ん張りながら、階段を下りる。「合理的な説明をしてください」

箕作は体を起こし、小さな標本箱を差し出した。

「ここの標本棚にも、ちゃんと所蔵されていたよ。右端の小さな甲虫だ」

それは、体長一センチ足らずの褐色の甲虫だった。体全体が短い毛で覆われ、黄金色のまだら模様がある。

「『*Xestobium*《ゼストビウム》 *rufovillosum*《ルフォビロサム》』――『マダラシバンムシ』だ」

「シバンムシ？」

「人間からは害虫扱いされている。シバンムシ科には、食品、建材、本などを好んで食べる種が知られているが、日本でよく見られるのは、タバコシバンムシとジンサンシバンムシだ。シバンムシは漢字でこう書く」

　箕作は小さな手帳を開き、無地のページに愛用の万年筆を走らせた。

〈死番虫〉――。

「う……」環はその字面を見て小さくうめいた。「なんだか嫌な名前ですね」

「『死』の『番』をする『虫』だ。マダラシバンムシのことを、英語で『デス・ウォッチ・ビートル』という。それをもとに漢字を当てたんだろう」

「『デス・ウォッチ』って、さっき言ってた死神の懐中時計？　てことは、あの時計みたいな音は、この甲虫が――？」

「マダラシバンムシは、木材をかじって穴をあける。お前が聞いたカチ、カチ、カチ、という音は、マダラシバンムシが頭を穴の壁に打ちつけている音だ。オスとメスがその音で互いに交信しているんだ」

「あの音がこいつのせいだなんて……」環はあらためて標本箱の中の小さな甲虫を見つめた。「壁越しに聞こえてくる時計の音みたいで、ほんとに不気味でしたよ」

「昔の人々も、その音を〝死の予兆〟としてとらえた。シバンムシが音をたてると、その家で誰かが死ぬ——と」

「老川夫妻は、その言い伝えを知っていたということでしょうか？　照雄さんは『死神が現れた』と言ったんですから、そうですよね？」

「しかし、音の正体が虫だということまで知っていたかどうかは分からないぜ？　小さな甲虫の愛の営みの音だと分かっていれば、そこまで怯えるだろうか」

「確かに。ただの迷信ですもんね」

「それに、あの音をたてるのはシバンムシ科の中でマダラシバンムシだけなんだが、この種はヨーロッパ産で、日本には分布していない。昆虫マニアでもない照雄さんに、マダラシバンムシに関する知識があったとも思えない」

「そっか。日本にはそんな言い伝えありませんもんね。——ん？」環は額に手をやった。「日本にはいない種なんですか？　でも、現にここの二階で大量発生してるじゃないですか」

「自然に発生したとは限らない」

「え？」環は目を見開いた。「それってつまり——」

箕作は環の手から標本箱を取り上げると、マダラシバンムシの上で指をすべらせた。

「この『死神に愛された甲虫』を、死神の代わりに、何者かがここへ遣わしたのかもしれない」

「でも、いったい誰が——」そんな言葉が口をついて出たが、頭にはある人物が浮かんでいた。

「最近ここに出入りした人間の中で、そんな虫使いみたいな芸当ができる人物は、一人しかいないだろう？」

「やっぱり……松森さん？」

「死神の正体が確認できたからには、当事者に直接訊いてみてもいいだろう」

箕作はそう言うと、ツイードのジャケットからこの建物の鍵を取り出した。

4

そこは最上階の個室で、とても日当たりがよかった。

ベッドを起こして編み物をしていた老川さとは、病室に入ってきた環たちを見て、なぜか懐かしそうに目を細めた。頬はこけ、顔色もよくないが、表情だけは明るい。

「お目にかかるのは、初めてかしら？」

互いに自己紹介を済ませたあとで、さとが言った。戸惑う環に、可笑しそうに笑いかける。

「主人は数え切れないほどたくさんの同好の方たちを箱根の家に招きましたけれど、皆さん雰囲気がどこか似ているのね。あなたたちもそう」

箕作はわずかに頭を下げ、静かに言った。

「突然押しかけて申し訳ありません。娘さんに、ここ数日はご体調もまずまずだとうかがったもので」

「あの子の言うとおり、本当にハンサムな方」さとは嬉しそうに声のトーンを上げた。

「昆虫屋さんにも、こんなにハンサムな方がいるのね」

「残念ながら、僕は昆虫屋ではありません」箕作は真顔で答える。「博物学者です」

さとは一瞬目を丸くして、「まあ、なおさら素敵」と微笑んだ。

来訪の目的は前もって伝えてあったらしく、箕作は唐突に本題に入った。

「まず初めに、僕の立場を明確にしておきます。僕は、老川信太郎氏の昆虫館を後世に遺したいという松森さんの考えに、百パーセント賛同します。もっと言うと、僕も何かお手伝いがしたいぐらいです」

さとは笑みを浮かべたまま、編み棒をベッドテーブルに置いた。

「わたくしも最初に申しておきましょう。松森さんは、すべてわたくしのためにしてくだったのです。あの方は何一つ悪くありません」

「それは僕も理解しているつもりです」

「標本が虫に食われていると聞いたとき、真っ先に思い出したのが、松森さんでした。主人は、松森さんが中学生のころからずっと目をかけていましたし、松森さんが国立自然史博物館の研究者になったことを、とても自慢にしていたんです」

さとはまた懐かしそうに目を細めた。そして、箕作と環を交互に見上げて続ける。

「わたくしは照雄に、自然史博物館の松森さんという方に連絡をとってみるように、と伝えました。照雄の依頼を受けた松森さんは、すぐ箱根に出向き、その足でこの病室を訪ねてきてくださいました。松森さんは、二つ伝えたいことがある、とおっしゃいました。一つは、主人の標本がおそらくほとんど全部ダメになっているということ。そしてもう一つは――」

さとのわずかな逡巡をついて、箕作が言った。

「照雄さんと頼子さんが、昆虫館をつぶして別荘にしたいと考えていること――ですね？」

さとは小さくうなずいた。「わたくしは松森さんに、標本がダメになったのならそれも仕方がない、と申しました。でも松森さんは、わたくしの気持ちを思いやってくださって、『それは絶対にいけません。飾る価値のある標本がまだ残っているはずです』

――と」

「飾る価値のある標本――」箕作が小声で繰り返した。

「松森さんは、照雄たちを説得する方法はないかと、知恵を絞ってくださいました。照雄が納得してくれたとしても、頼子さんはああいう人ですから――」

「正攻法じゃダメですよね」環が口をはさむ。

さとはまた目を丸くして、「ほんとにそう」と声をたてて笑った。胸に手を当てて息を整え、続ける。

「そんなとき、松森さんが『何か照雄さんの弱点はありませんか』と、冗談まじりに言いました。それを聞いて、思い出したんです。あの子が昔から、『死神』を何より怖がっていたことを」

「子供のころからですか?」環が訊いた。

「ええ。あれは、照雄がまだ小学校に上がる前のころです。東京の自宅に、その虫――シバンムシですか――が出ましてね。主人が採集旅行でヨーロッパに出かけたときに、どこかに紛れ込んでいたのを持ち帰ってしまったようでした。夜中に家の梁《はり》がカチカチ鳴るのを聞いた息子に、主人が『あれは死神が持っている時計の音だよ』と面白半分に教えて怖がらせたんです」

「なるほど」その年齢なら、完全に信じ込むだろう。

「それだけじゃないんです。その数日後、同居していた義父《ちち》が、突然脳卒中で亡くなってしまいましてねえ」

「わ、それはたいへん」環は遠慮がちに驚いた。「そんなことがあったら、強烈に刷り込まれちゃいますよね」

「結局照雄は、それが虫がたてている音だとは知らないままだと思います」

さとはそう言って箕作に顔を向けた。

「わたくしがその話をしましたところ、松森さんが今回の計画を思いついたんです。松森さんは、『信太郎さんが亡くなる直前、昆虫館で死神の時計の音を聞いたということにしてください』とおっしゃいました」

箕作がうなずく。「布石を打っておこうというわけですね」

「松森さんの指示はそれだけでしたけれど、わたくしはこう付け加えて照雄に伝えたんです。『わたしの体に癌が見つかって、もう手遅れだと分かったときも、箱根の家に死神が出たのよ。寝室で毎晩夜通しあの時計の音が鳴っていたのよ。老川の家は、死神に目をつけられてるみたいね』――と。あの子、子供のころのことをよく覚えていたようで、いい歳をしてひどく怯えた顔をしましてねえ」

「マダラシバンムシを二階の柱や梁に放ったのも、松森さんですね？」箕作が念を押すように訊いた。

「ええ。知り合いにその虫の研究をなさってる方がいるとかで、成虫と幼虫をたくさん分けてもらった、とおっしゃっていました」

「幼虫も？」

思わず訊き返した環に、箕作が言う。

「木を食い荒らすのは、幼虫の方なんだ。小さな穴をあけた木材の中に放てば、どんどん内部へと食い進んで、成虫のすみかを作ってくれる」

「そんな子供だましがうまくいくのか、半信半疑でしたけれど――」さとは感心したようにゆっくりうなずいた。「照雄も頼子さんも、よほどあの音が恐ろしかったのねえ」

「正体が虫だと知らなければ、相当恐ろしいですよ」環は心の底から言った。「死神の時計の話を聞いて、真っ暗な部屋で実際にあの音に囲まれると、精神をやられます」

さとは「そう」と小さく言うと、窓の外に目をやった。青空に群れをなす鰯雲《いわしぐも》を見つめたまま、静かに続ける。

「松森さんのおかげでどうにか建物は守れたけれど、肝心の標本が全部ダメになっていては、どうしようもありません。もうすぐあっちで主人に会えるのはいいけれど、きっとあの人、がっかりしてるわよねえ……」

窓際に歩み寄った箕作が、さとの方に振り向いた。

「松森さんは、まだあきらめていませんよ」

「そうですか――」さとは申し訳なさそうに目を伏せた。「確かに、『虫に食われない昆虫標本もあるのです』とおっしゃっていましたけれど……」

「ヒョウホンムシにも好き嫌いがあるんですかね？」

　環の問いを無視して、箕作が重ねて訊いた。

「彼がどんな標本を探しているのか、お心当たりはありませんか？」

「さあ。わたくしは標本のことなど何も分かりませんので」さとは頰に手をやった。

「でも、松森さんに、『書類を綴じたファイルなどはどこに保管されていますか？』と訊かれたことはあります」

「書類？」箕作が眉根を寄せる。

「ええ。そのときは、研究資料をまとめて置いてあるキャビネットの場所をお教えしたのですが――」

　それから十五分ほどで、病室をあとにした。

　廊下を歩いていると、「すみません」と後ろから呼び止められた。近づいてくるその中年女性を見た箕作が、環の耳もとで「織江《おりえ》さん――さとさんの娘さんだ」と言った。

　エレベーターホールの脇にある休憩スペースで、織江は箕作に何度も頭を下げた。昆虫館を取り戻してくれた恩人の一人だと勘違いしているようだった。

　短い会話の最後に、織江が言った。

「――母はもう、長くないんです」

言葉を返せないでいる環たちに母親譲りの微笑を向けると、織江は自らを励ますような口調で続けた。

「いよいよ最期だとなったら、母を箱根の家に連れて帰ってやりたいんです。母は口には出しませんけれど、何よりそれを願っているはずですから」


三連休の初日なので、朝早めに博物館を出発した。

今日も秋晴れで絶好の行楽日和《びより》だ。首都高速の混雑はそれほどでもないが、箱根方面に近づけばスムーズには進まないだろう。

ハンドルを握る箕作に、助手席から訊いた。

「箕作さん、前に『お前はとんだ茶番に付き合わされた』って言ってたでしょう？　あのときにはもう、死神の正体に気づいていたんですよね？」

「『死神』、『音』、『害虫』とくれば、他に何を連想するんだ？」箕作は前を見たまま言った。

「でも、どうしてわたしだったんですかね？」

「一つは、お前が女だからだ」

「なんで女じゃないとダメなんです？」

「お前が泊まれば、頼子さんと同室になる。お前には死神の時計の音が聞こえなかったのに、頼子さんには聞こえた。照雄さんと松森さんの部屋でも同じだ。死神が自分たち夫婦だけに迫っているとなれば、恐怖が倍増するだろう？　松森さんはそれを狙ったんだ」

「なるほど、そういうことか」

「もう一つは、お前がバーコードレディだからだ」

「はあ？」

「耳栓を付けさせることに失敗すれば、お前も死神の時計の音を聞いてしまうことになる。その場合でも、お前に音の正体さえ言い当てられなければ、効果は期待できる。だから、博物館の女性研究員の中で、マダラシバンムシのことを絶対に知らない人間を選んだんだ」

「はあ……」環は複雑な気分でため息をついた。「ま、どんな理由にせよ、お役に立てたのなら光栄ですけど」

横浜駅で織江をピックアップして、箱根町仙石原に向かった。

昆虫館の前に到着すると、ガレージには照雄のベンツではなく、小型の四輪駆動車が停まっていた。

「あれ？　今日は照雄さんは？」

環が首をかしげると、後部座席から織江が言った。

「兄は当分ここには来ないと思います。お義姉《ねえ》さんに、もう虫屋敷には近づくな、ときつく言われているようですから」

大広間に入ると、標本棚に立てかけた長いはしごの上から、松森がこちらを見下ろした。織江の姿を認めると、怪訝な顔で眼鏡に手をやる。

会釈を返す織江の横で、箕作が松森に声をかけた。

「さとさんから聞きました。ヒョウホンムシだけでなく、マダラシバンムシまで出たそうですね」

松森は一瞬虚をつかれたような顔をしたが、すぐに真顔に戻った。

「もう駆除は済ませました。幸い、巣くっていたのは二階の一部だけでしたから」平然と答えると、織江に目を向ける。「それより、どうして織江さんが?」

「僕がお連れしたんです。あなたがお探しの標本の在り処について、心当たりがおありだということで」

「なるほど。それはありがたい」松森ははしごを下りながら言った。「それにしても、箕作さんは何でもお見通しなんですね。『幽霊《ファントム》』は『死神』より恐ろしい」

箕作は吹き抜けの天井を見上げた。

「で、屋根裏へはどこから入るんです?」

織江のあとに続いて、二階の廊下の天井にある上り口から、屋根裏部屋へ入った。そこは板敷きの収納スペースになっていて、段ボール箱が山積みになっている。

段ボール箱の側面に書かれた文字を懐中電灯で順に照らしていた織江が、「あ！」と声を上げた。「たぶんこの三箱がそうです。〈アルバム類〉って書いてある」

「アルバムと一緒にしてあったのか」松森がつぶやいた。

「五、六年前、物が増え過ぎたので整理したんです。わたしも手伝いにきたんですが、そのときにそれらしきファイルをアルバムと一緒にして箱づめしたような記憶が」

「ここでは広げられない。一階に下ろしてしまいましょう」箕作は一番上の箱を抱えた。

箕作と松森が苦労して三つの段ボール箱を大広間まで運んだ。

最初に開けた箱には、老川信太郎が撮影した家族のアルバムが数冊入っていた。次の箱にぎっしり詰まっていたのは、黒い表紙のついた紐で綴じ込むタイプの古いファイルだ。

一冊抜き取って開いた松森が、「ああ……」と声をもらす。

「きれい――」のぞき込んだ環も、うっとりして言った。

少し黄ばんだ紙に、翅を広げたチョウが精密に描かれている。しかし――環は違和感を覚えた。翅の質感だけが、やけにリアルなのだ。

「これ、絵ですよね？」環は思わず確かめた。

「違う」箕作が即座に否定した。「これは立派な標本だ。鱗粉《りんぷん》転写標本」

「鱗粉転写？」

「池之端さんはご存じないでしょう。チョウの専門家でも、今は知らない人が多い」松森がかすかに頬を緩める。「チョウやガの翅の鱗粉を、のりでトレーシングペーパーなどに写し取って、台紙に貼ったものです。胴体の部分だけは、スケッチして描く。言ってみれば、チョウの押し花ですね」

「十八世紀のフランスで発案され、明治時代には日本にも導入された。当時の鱗粉転写標本は、もはや美術品に近い貴重な資料だ」箕作がファイルをめくりながら言う。「虫に食われることがなく、書類のように綴じられる昆虫標本となると、鱗粉転写標本しかない」

「確かに、これはヒョウホンムシも食べられない」環は納得して言った。

松森は次から次へとファイルを取り出し、夢中で中身を確かめている。

「老川先生は、鱗粉転写法が得意でしてね。虫害や破損に強い標本作製法として、戦前から戦後にかけて昆虫少年たちの間で流行《はや》っていたそうなんです。昔、私も先生にやり方を教わりました。あっ、ミカドアゲハですよ！　素晴らしい！　こっちは、キマダラルリツバメだ！　私もいい標本を持っていますが」

もう一つの段ボール箱からは、信太郎氏の研究テーマである「迷蝶」の鱗粉転写標本が大量に見つかった。

「タイワンアサギマダラか。確かに珍しい。クロテンシロチョウ、ウスコモンマダラ――」

興味深そうにファイルをめくる箕作の横で、松森が声を立てて笑った。

「あったあった！〈標本作製者　松森雅治《まさはる》・老川信太郎〉――中学生だった私と先生とで作ったギフチョウの標本です。懐かしい」

松森は、誰にともなく語り続ける。

「この前年の夏休みですよ。新種のオサムシを見つけたと思って、勇気を出して初めて老川先生に手紙を書いたんです。そしたら先生が、この昆虫館に招いてくださいましてね。オサムシを持って喜び勇んで訪ねたら、『ありふれた種です』と、ばっさり。当時の私にはとても理解できない専門的な解説を延々とされるわけです。それが終わると、今度はご自分の希少なオサムシの標本自慢が始まりました。なんだか、あの老川先生にライバルとして見られているような気分になりましてね。急に自分が大人になったようで、嬉しかったなあ」

すると、今度は織江が「まあ」と声を上げた。手にしたファイルを広げてこちらに向ける。

「これ、母が作った押し花です」

「お母様のご趣味だったんですか？」

織江はハンカチを取り出し、目頭を押さえた。

「母も若いころは、父の採集旅行についていくことがあって、父が昆虫採集をしているそばで、草花を摘んでいたと聞いたことがあります。まあ、たくさんありますね。どれもきれい――」

床に山積みにしたファイルをめくり続ける松森と織江から離れ、環は吹き抜けにそびえる標本棚を見上げた。

「何を見ている」いつの間にかそばにいた箕作が、訊いてきた。

「鱗粉転写標本を額に入れて、ここの壁一面に飾ったら、きれいだろうなって」

「全部の壁を使っても、とても飾りきれないぞ」

「そうだ。さとさんの押し花も一緒に飾れば素敵だと思いません？　さとさんも、ここでチョウと花に囲まれて過ごせたら、きっと幸せじゃないかな」

「好きにすればいいさ」箕作は肩をすくめた。「個人のコレクションというものは、分類学的な情報だけじゃなく、いろんなものをアーカイブしていて当然だからな」

「ひねくれた言い方」環は呆れ顔で言った。「素直に、思い出がつまってる、と言えばいいじゃないですか」

箕作が集めているガラクタじみた標本にも、いろんな歴史がつまっているのだろう。

もしかしたら箕作は、古ぼけた標本や書物に囲まれながら、それに関わった人々の体温のようなものを感じていたいのかもしれない——。環はそんなことを思いながら、箕作の横顔を見上げた。

その視線に気づいた箕作は、ただ「ふん」と鼻を鳴らした。そして、はばたくチョウを目で追うように、ゆっくりとそっぽを向いた。

異人類たちの子守唄

1

環はノックの音で目を覚ました。

プログラムのバグがなかなか取れず、頬づえをついてモニターをにらんでいるうちに、ついうとうとしていたのだ。

環の返事を待たずにドアが開き、見知らぬ男が顔をのぞかせた。七十歳前後の紳士だ。若い頃に着ていたものなのか、やせこけた体にスーツの上着がだぶついている。

椅子の座面であぐらをかいていた環は、慌てて足を下ろした。男は部屋の奥に目をやりながら、白いあごひげをしごく。

「能條《のうじょう》だが――池之端先生はご不在かな？」

「先生？」呼ばれ慣れない響きにくすぐったくなる。「池之端はわたしですが……」

「ああ、あなたが」能條と名乗った男は白い眉を大きく動かした。「これは失敬。まさか若いお嬢さんだとは思わなかったものでね。ちょっとよろしいか」

「え？　ええ。というか……」

何者なのか訊ねようとしたが、男はもう室内に入り込み、後ろ手にドアを閉めている。能條という名に心当たりはないが、男はそれ以上の説明が要るとは思っていないようだ。

「箕作君と約束があったんだが、彼の居どころが分からなくてね。人類研究部の井沢《いざわ》君が言うには、あなたなら知っているかもしれないと」

「はあ」返事とため息が入り混じった声が出る。

井沢は人類研究部の部長だ。それを「君」付けで呼ぶということは、それなりの地位にいる人物なのだろう。それは男の尊大な態度にもよく表れている。

「箕作君の研究室は、この研究棟とは別の建物にあるんだろう？」能條が訊いた。

「研究室というか……住み着いてます。旧標本収蔵庫というところに」

「井沢君が彼の部屋に何度も電話をかけてくれたんだが、出ないんだよ」能條は眉間にしわを寄せ、責めるような口調で訊いた。「どこかに出張中なのかね？」

「申し訳ありませんが、わたしには分かりかねます」環は腹立ちを抑えようとしたが、我慢できずに付け足した。「人類研究部長は何か勘違いをなさっているようですが、わたしは箕作さんのスケジュールなんて把握していません。秘書じゃあるまいし」

「なるほど。いや、最近彼とよく行動をともにされていると聞いたものでね」能條は平然と応じて、室内を見回す。「それにしても、殺風景というか――よく整頓された部屋だ。標本の一つも置かれていないなんて、博物館の研究者にしては珍しい。どこを向いてもしゃれこうべと目が合う私の研究室とは、大違いだな」

それを聞いて察しがついた。この能條という男は、おそらくどこかの人類学者なのだ。

「わたしはこっちが専門なもので」環は目の前のコンピューターを指差して、ぶっきらぼうに言った。「標本は必要ないんです」

「ほう」能條は小馬鹿にしたような笑みを浮かべた。「時代だね。分類学に、標本が要らないような分野が出てくるとは」

どうやら能條も箕作と同じ標本至上主義者らしい。初対面の老人から嫌みを聞かされるのがたまらなく面倒になって、環から訊ねた。

「『赤煉瓦』――旧標本収蔵庫まで行かれたわけではないのですね？」

「電話をかけてもらっただけだよ。ずいぶん遠い敷地の外れだと聞いたのでね」

「箕作さんはそこの二階を研究室代わりに使っているんですが、昼間は一階の標本収蔵室にこもっていることが多いんです」

そこまで言っておきながら、あとはどうぞご勝手にというわけにもいかない。結局、環が「赤煉瓦」まで案内することになった。

研究棟から二棟の建物を経由して、むき出しの蛍光灯が点滅する薄暗い地下通路に入る。狭いトンネルの天井を見上げながら、能條が言う。

「このトンネルも相当古そうだが、どういう必要性があってこんなものを通したんだね？」

「さあ」環は素っ気なく答える。「そういう歴史的なことは、ちょっとわたしには」

突き当たりのスチールドアを抜けると、ざらついたコンクリートで囲まれた四畳ほどの空間に出る。そこはもう「赤煉瓦」の地下で、一階へと続く鉄製の階段だけがある。階段の上から光が入ってくるので、昼間なら照明も要らない。

そのまま二階まで上がり、箕作の居室に向かった。やはりドアは固く閉じられていて、鍵もかかっている。念のためにノックしてみたが、応答はない。

隣の能條は、もの珍しそうに板張りの廊下や半円アーチ窓を眺めている。

「ここは確かに面白い建物だが、どんなわけがあって箕作君はこんな不便なところに居座っているのかね？」

「さあ」環はさきほどにも増して素っ気なく言った。「あんな変人の考えていることなんて、ちょっとわたしには」

能條を連れて階段を下り、一階に戻る。廊下に四つ並んだ標本収蔵室の扉はすべて閉まっていて、中で誰かが作業をしているような気配もない。

一番手前の標本収蔵室イ号の扉に、事務室で借りてきた真鍮の鍵を差し込んだ。ノブを手前に引いた環は、「ぎゃっ」と悲鳴を上げた。毛のある巨大な動物が環に倒れかかってきたのだ。

「ちょっと何これ……」動物を両手で支えながら声を震わせる。

それは片脚のないダチョウの剥製だった。無理やり押し込められていたものがあふれ出たらしい。

環はダチョウを押し戻し、部屋の中をのぞき込んだ。明らかにガラクタの量が増えている。以前は通路だったところまでもが隙間なく埋めつくされていて、足を踏み入れることすらできない。

「なるほど。これはすごい」能條が環の後ろで気楽な笑い声をたてる。「確かに、箕作君のような人間には、ここはさしずめ宝箱だな」

続けて収蔵室ロ号とハ号の扉を開けてみたが、中の様子はイ号とまるで同じだった。古びた標本や剥製が強引なほどぎゅうぎゅうに詰め込まれていて、人が立つスペースもない。

収蔵室ハ号の入り口近くに、見覚えのある大きな珪化木《けいかぼく》があった。あれは確か、隣の二号に置いてあったはずだ。もしかして――。

環は能條を置いて、一番奥の収蔵室二号に駆け寄った。両開きの扉を開くと、予想どおりの光景が目に飛び込んでくる。部屋はまったくのがらんどうで、板張りの床の上には液浸《えきしん》標本の瓶一つ残されていない。

標本収蔵室二号に収められていたガラクタが、すべて他の三部屋――イ号、ロ号、ハ号に移されたのだ。箕作がやったのだろうか。でも、いったい何のために——。

「なんだ、ここは空っぽか」能條が環の肩越しに中をのぞいて言った。「今後展示室をリタイアする標本のためのスペースかね？　いずれにせよ、箕作君はいないようだな」

「そのようですね……」環はつぶやくように答えた。

「あなたは最近、箕作君に会ったかね？」

「ここ二、三週間は顔を見ていません。この建物に来る用事もなかったですし」

「ふむ」能條はあごひげをしごき、懐かしむように口角を上げた。「また何か思いついて、どこかに飛び出して行ったか。箕作君の気まぐれは、まるで変わっとらんな」


能條を研究棟の井沢のオフィスまで送り届けたあと、環は自室に戻った。

仕事を再開して三十分ほどすると、今度は井沢が研究室を訪ねてきた。髪を横になでつけながら、へつらうように眉尻を下げる。

「悪かったねえ。時間取らせちゃったみたいで」

「いえ。『赤煉瓦』の一階にいるかもと言ったのは、わたしですし」

「能條先生にはこれからお世話になるからさ。親切に対応してくれて助かったよ」

「親切にしたという自覚はありませんけど……あの人、うちの館で何か仕事するんですか？　人類学者なんですよね？」

「あれ？　知らずに案内してくれたの？　東都大学の名誉教授だよ。人骨を用いた形態人類学の権威。来年の春、うちの研究部で『人類六万年の遥《はる》かなる旅』という特別展をやるだろう？　能條先生にもアドバイザーと資料提供をお願いしてるんだ」

「そういうことですか。どうりで」偉そうにしてると思った——という言葉は呑《の》み込んだ。

「それにしても」井沢がわざとらしく顔をしかめる。「箕作さんもひどいよねえ。十年ぶりに再会する師匠との約束をすっぽかすなんて」

「へ!?」思った以上に大きな声が出た。「師匠って、箕作さんの？」

「そっか。それも初耳か」井沢は小刻みにうなずいた。「箕作さんは、東都大学理学部自然人類学研究室の出身だよ。博士課程を修了するまで六年間、能條先生の指導を受けた」

「だったら、なんで動物研究部に？　人類学が専門だったなんて、ひと言も……」

「その辺りの経緯は、私にも分からない。大学院生時代の箕作さんのことは、私もよく知っているんだ。学会でしょっちゅう顔を合わせていたし、ずば抜けて優秀で、いろんな意味で目立つ存在だったからね。博士号を取ったあと、彼はアメリカの大学に移って、人類学の研究室に一年いた。イギリスに渡ったのは、そのあとだ。彼が大英自然史博物館にいたのは知ってる？」

「ええ。直接聞いたことはありませんけど、話の端々に登場しますから」

「四、五年かな。任期付き研究員として勤務していたらしい。人類学部門にいたはずだが、どんな研究をしていたのか知っている人間は、我々の業界にもいない。イギリスにいる間は、少なくとも人類学のテーマでは論文も発表しなかったし、学会に出てくることもなかった。昔の仲間との交流が、完全に途絶えてしまったんだ」

「イギリスで、いったい何があったんでしょうか?」

井沢はかぶりを振った。「とにかく、帰国したときにはすっかり『人類学』の看板を下ろしていた。彼がここに採用されたばかりの頃、どうしてうちではなく動物研究部に応募したのか訊いてみたことがあるんだが、彼はあの仏頂面で『〝人類学者〟と呼ばれるのだけはご免です』と言っていたよ」

「そんな箕作さんが、なんでまた昔の師匠と会う気になったんですかね?」

「ひと月ほど前、箕作さんがいきなり能條先生のところに古人類の人骨を送りつけてきて、鑑定を依頼したんだそうだよ。十年間も音沙汰がなかったのに、と先生も驚いてらした」

「よほど特殊な人骨だったんでしょうか?」

「詳しいことは能條先生もおっしゃらなかったが、『出どころの怪しいものらしい』と笑ってらした。怪しい標本となると、箕作さんの専売特許だからねえ。おおかた『赤煉瓦』の隅でほこりをかぶっていたんだろう」

環は、標本収蔵室二号が空っぽになっていたことを思い出した。その出所不明の人骨も、収蔵室二号からガラクタを運び出す最中に見つけたのだろうか。不安にも似たもやもやが、環の心に広がっていく。

「——箕作さん、どこ行っちゃったんでしょうね……」環は虚空を見つめて言った。

「まったく」井沢が大きくうなずいて眉根を寄せる。「今日はその人骨について、顔を合わせて意見交換をすることになってたらしいんだよねえ。能條先生のご機嫌を損ねるような真似は、慎んでほしいよ」

2

それから三日間、箕作は博物館に姿を見せなかった。

それを確かめたのは、環だ。朝、昼、晩と一日三回「赤煉瓦」まで足を運び、二階の居室と標本収蔵室の様子を見たが、箕作が現れた形跡はなかった。

環があちこち訊ねて回った限りで言えば、最後に箕作を目撃したのは館内に出入りしている清掃業者の女性で、ちょうど一週間前のことだという。

風邪でもこじらせて寝込んでいる可能性も考えて、昨夜は仕事帰りに箕作の自宅マンションに立ち寄ってみた。だが、インターホンからの呼び出しに返事はなく、部屋には明かりもついていなかった。

たかが数日所在が分からないぐらいで、なぜここまで心配になるのか、環自身にも説明ができない。ただ、何もなくなった収蔵室二号の様子を目にするたびに、姿を消した箕作と重ね合わせてしまうのだ。

今朝、箕作の上司である動物研究部長にこの現状を報告したのだが、事なかれ主義のスパイダーマンは泣き笑いのような表情で「心配し過ぎだよ」と言った。届けも出さずに長期出張に出ることなど、箕作にとっては日常茶飯事だというのだ。

環の不安が現実のものとなったのは、午後二時を少し回った頃のことだ。

プログラミングに没頭し、ＣＰＵとほとんど一体化していた環の意識を、デスクの電話が現実の世界へと引き戻した。受話器を取るなり、ノイズまじりの声が環の鼓膜を震わせた。

〈池之端か。僕だ。やっとつながっ……〉

「箕作さん!?」環は声を張り上げた。「今どこにいるんです?」

こちらの声がよく聞こえないのか、箕作は問いかけには答えずに緊迫した声で続ける。

〈ひどく電波が悪いし、もうバッテリーも切れる。手短に言うぞ。よく聞いてメモ……〉突然そこで音声が途絶えた。流れてくるのは、サーッというノイズだけだ。

「もしもし！　箕作さん？　もしもし！」

ボールペンを握りしめて叫んでいると、音声が復活した。

〈……の調査をしていて、洞窟に閉じ込められた〉

「閉じ込められたあ!?　ちょっ、どういうこと――」想像を超える事態に、うまく言葉が出て来ない。

〈現地で雇った男たちにやられたんだ。自力での脱出は難しい。助けが必要だ。食糧と水は、もって四、五日。場所は……〉肝心なところで再び声が途切れる。

「箕作さん!?　もう一回！　もう一回場所言って！　もしもし！　もしもし！」

声がかすれるほど呼びかけ続けたが、数十秒後にはノイズも消え、ツーツーツーという電子音がむなしく響いた。


十五分後、環の研究室に五人の男たちが集まった。館長と各研究部の部長たちだ。電話が切れたあと、環はすぐさま動物研究部長に連絡を入れた。スパイダーマンから報告を受けた館長は、各部長に緊急招集をかけた。もう一度箕作から電話があるかもしれないと考えると、この部屋を空けるわけにはいかない。集合場所は自《おの》ずと環の研究室ということになった。

携帯電話で警察と話をしていた動物研究部長が、通話を終えて一同の顔を見回した。

「とりあえず、ここ一週間分の出国記録を調べてくれるそうです。本当に海外で遭難している場合は、外務省を通じてその国に救助を要請することになると」

箕作が外国にいるという推測は、箕作の「現地で雇った男たち」という言葉に基づいている。国内調査の話とは思えないということで、皆の意見が一致した。

「通話記録については、どうなりました？」館長が動物研究部長に訊ねる。

「それも警察の方で電話会社に照会をかけてくれることになっています。国際電話の場合でも、明日には大まかな発信地域が分かるのではないかと」

キノコマンこと植物研究部長が、腕組みをして言った。

「そもそも、なんで池之端なんだ？　ＳＯＳを伝えるなら、もっと適切な相手がいるだろう？」

一同の視線を浴びて、環の顔がぱっと熱を帯びた。それについては一つ思い当たることがあったので、慌てて「ち、ちがうんです」と弁明する。

「そ、それはですね、箕作さんが記憶しているこの世でただ一つの電話番号が、わたしの部屋の番号だからだと思います。あの、以前そんなことを言ってましたから。み、箕作さん本人が」

いきなりたどたどしい口調になったせいか、皆が怪訝な表情で見つめてくる。目を泳がせる環に、地学研究部長が低い声で言った。

「まあ、外国にいるとすれば、日本でいう110番が何番かなんて、いちいち覚えてないよな。言葉の問題もあるし、日本にかけた方が確実な場合もある」

「ご家族への連絡はどうしますかね？」館長が誰にともなく訊いた。

「今、総務課に箕作さんの緊急連絡先を調べてもらっています」動物研究部長が答える。

「確か、那須《なす》の方でお母さんがご健在のはずです」

「そうか」館長が何か思い出してうなずいた。「山幡《やまはた》の箕作所長は、お亡くなりになったんでしたね。一昨年ぐらいでしたか」

「箕作所長って――もしかして、箕作さんのお父さんですか？」環が訊いた。

「著名な鳥類学者ですよ。急死されるまで、山幡鳥類研究所で所長をされていた」

「親子そろって学者なんだ……」つぶやくように言う。

「三代そろって、だよ」人類研究部長の井沢が真顔で訂正した。「お祖父《じい》さんは人類学者だった。箕作修一《しゆういち》博士。若くして戦争で亡くなったと聞いてるけどね」

箕作は、父親ではなく、顔も知らぬ祖父の影響を受けて、人類学の道に進んだのだろうか――。

「電話、かかってきませんね」地学研究部長が電話機を見つめてぼそっと言った。「やっぱり、人里はなれたところにいるんだろうな」

「さっき電話が通じたのも、奇跡的だったのかもしれん」植物研究部長が応じる。

「大まかな発信地域が分かったところで、山の中で洞窟を探し当てるのは至難の業だよ」地学研究部長が眉をひそめた。「果たして一週間で見つけられるかどうか。そもそも、何の調査に出かけたのかすら分からないんだから」

「洞窟なら、人骨の調査かもしれませんよね？」環は井沢に向かって言った。「箕作さんが能條先生に鑑定を依頼したという人骨と、何か関係があるんじゃ――」

「うーん、どうだろうねえ」井沢は渋い顔でうなる。「地質とか生物が目的だという可能性もあると思うが」

「そうだ！」環は思わず手を打った。「わたしたち、肝心なことを忘れてますよ！『赤煉瓦』の箕作さんの部屋です。今回の野外調査についての資料や手がかりが、何か残っているかもしれない」


館長ら三人が電話番として残り、動物研究部長と人類研究部長の井沢、そして環の三人が「赤煉瓦」二階の箕作の部屋に向かった。

ドアを解錠する音がカチャリと鳴った瞬間、かすかな罪の意識で鼓動が速まる。そっと扉を開き、まず環が足を踏み入れた。

主《あるじ》のいない部屋は、ひんやりとしていた。窓から差し込む西日が、部屋全体をオレンジ色に染め上げている。室内の様子にとくに変わったところはない。

「ここに入ったのは初めてだよ」井沢が感心したように壁面を埋めた書棚を見上げる。

「すごい蔵書だねえ。〝博物学者〟は伊達《だて》じゃないな」

環は床に林立する本の塔を避けながら、マホガニーの書斎机に歩み寄った。二人の部長もあとをついてくる。机の上には、開いたまま積まれた洋書と、雑多な書類が散乱していた。ここにパソコンはないので、何かあるとすれば紙の形で残されているはずだ。

環は机の書類を一束つかんで言う。「旅行会社が出した旅程表とか、ホテルの予約確認書とか、調査地域の地図の類いとか、そういうものがないか探しましょう」

部長たちは大きくうなずき、それぞれ引き出しの中を漁り始める。

書類はほとんどが会議資料や文献のコピーだった。二十分ほど探し続けたが、手がかりになりそうなものは何も見つからない。

環は一人書斎机を離れた。頬に手を当てて、あてもなく部屋の中を歩き始める。ソファベッドの上に、洗濯用洗剤の空箱が転がっている。ここで出張の荷造りをしたに違いない。

その前にあるローテーブルに近づくと、靴のつま先が何かに触れた。見れば、黒い万年筆が床に転がっている。箕作がいつも胸ポケットに差して持ち歩いているものだ。それを拾い上げた環は、キャップに金文字で彫られた名前——〈S.Mitsukuri〉——を見て、はっとした。

これは箕作の祖父、修一のものだったのだ。箕作の中にそれほどまで色濃く存在している箕作修一とは、いったいどんな人物だったのだろう——。

ローテーブルの周りの床には、他にも本や標本のかけらが散乱していた。まるで、テーブルの上にスペースをつくるために、そこにあったものを乱暴に払い落としたようにも見える。

環はテーブルの上に目をやった。天板に広げられた白い紙の上に、長さ三十センチほどの植物の茎が置かれていた。そのそばに、万年筆のものと思しき青いインクで〈池之端に〉と書き殴ってある。

どういう意味だろう？　この植物について何か訊きたいことでもあったのだろうか——。

環は茎を手に取った。ツル植物をちぎったものに見える。やや茶色がかった細い茎に、しおれた葉が数枚ついている。

茎の下に敷かれていた白い紙に目を落とす。それは世界地図だった。国境が点線で示されただけのシンプルな白地図だ。同じ青インクで、線と文字が書き入れられている。

「ちょっと来てください。地図があります」環は部長たちを呼んだ。

二人が駆け寄ってきて、ローテーブルを囲む。動物研究部長が顔をしかめた。「なんだ、世界地図じゃどうにもならんだろう」

「でも、箕作さんが何か記入してます」

長い矢印が、インドネシアの辺りから日本に向けて引かれていた。ある地点を指すというよりは、経路を示しているように見える。矢印の横には〈D〉の文字が記されている。

「〈D〉って、何のことでしょうね？」環はそれを指で示した。

「私が連想するのは、人類のハプログループだね」井沢が言った。

「ああ、なるほど」

ハプログループというのは、特徴的な遺伝子変異を持つ遺伝学的な氏族——要は、同じ祖先をもつと考えられる集団のことだ。

井沢が続ける。「Y染色体のハプログループ『D』は、日本人の三十五パーセントを占めている。その人々の祖先は、東南アジアの海洋民——いわゆるオーストロネシア人で、アイヌ、琉球人、縄文人のルーツとなった可能性があるんだ」

そのとき、隣の動物研究部長が「それ、何持ってるの？」と言った。環が握ったままの植物の茎を指差している。

「ああ」環は手の中のものをあらためて見つめた。「よく分かりませんけど、地図の上に置いてあったんです」

3

「——中国か」

植物研究部のベラドンナこと宮前葉子《みやまえようこ》が、白い煙を吐き出した。ベンチの横にある灰皿スタンドの上でタバコを優しく叩き、長い足を組み直す。

昨日から緊迫した空気が張りつめている研究棟とは違って、中庭にある葉子の植物園には穏やかな日の光が降り注いでいる。

「行き先は北京で、渡航の目的は観光と申告しているそうです」環は葉子の隣に腰を下ろしながら言った。

あれから丸一日経って、有力な情報が集まってきた。やはり箕作は羽田空港から出国していた。五日前のことだ。

「ファントムは今も北京の近くにいるってこと？」

「昨日かかってきた電話は、中国国内で契約された携帯電話から発信されていました。発信されたエリアは、北京から北西に二百五十キロ、河北省と内モンゴル自治区との境界付近一帯だそうです。一番近い街は張家口《ちょうかこう》というのですが、そこを少し離れるとひたすら山と原野が広がっているようですね」

「その程度の情報じゃ、絞りようがないわね」葉子は細い指でタバコをくわえた。

「ただ、箕作さんの部屋の通話記録から、興味深い事実が判明したんです。一ヶ月ほど前から、箕作さんは、北京にある中国科学院古人類及古脊椎動物研究所に頻繁に国際電話をかけていました」

「誰か特定の相手に？」

「楊《ヤン》という研究員です。楊さんは、箕作さんと同時期に大英自然史博物館で研究員をしていたことがあって、二人はその頃からの友人だったそうです」

「その人とは連絡が取れたの？」

「それが、楊さんは四日前から休暇に入っていて、居場所が分からないっていうんですよ」

「ファントムと一緒にいるのかもしれないわね」

「ええ。携帯電話も、楊さんのものかも」

葉子はタバコをもみ消すと、白衣のポケットから丸めた茎を取り出した。昨日、環が箕作の部屋で見つけたものだ。

「これ、調べてみたわ。生育が悪すぎてちょっと手間取ったけど。『*Clematis*《クレマチス》 *uncinata*《ウンシナータ》』――クレマチス属のツル性多年草よ。もとは中国の在来種ね」

「中国原産なんですね」また中国が出てきたのは、偶然だろうか――。

「日本にも外来種として入ってきているし、最近は園芸にも使われる。残念ながら、さして珍しい植物じゃない」葉子はクレマチスの茎を環の手に握らせた。

「うーん」環はしおれかけた葉に目を落とし、首をかしげる。「だったら、箕作さんはなんでこんなものをちぎってまで持ち帰ったんでしょう？」

「さあね。でも――」葉子が褐色の長い髪をかき上げた。「ファントムのすることには、必ず何か意味がある」


葉子と別れ、その足で「赤煉瓦」へと向かう。東都大学の能條が訪ねてくることになっていた。箕作が鑑定を依頼したという人骨について詳しく教えてほしい、と環が電話で頼み込んだのだ。

二階に上がると、箕作の部屋のドアはすでに開いていた。中をのぞくと、能條と井沢がソファベッドに並んで腰かけている。能條は大きなトランクからプラスチック製の箱を取り出し、ローテーブルの上に並べていた。箱は全部で三つある。

「お待たせしました」環は足早に二人に歩み寄った。「それですか」

「一ヶ月ほど前に、箕作君から預かった」能條はそう言って右端の箱を開け、中から茶色い球状の骨を取り出した。

「頭蓋骨ですね」側頭部と上顎に欠けがあるが、ほぼ完全な頭蓋骨に見えた。

「そうだ」能條は手を休めずに言った。「異なるホモ属の頭蓋骨が三種類ある。出どころや年代の情報なしに、形態だけからそれぞれの種を判断してほしい──箕作君にそう頼まれていた」

「まったく、能條先生によくそんな失礼なことを」

険しい表情を作る井沢に、能條が鷹揚《おうよう》に笑いかける。

「余計な情報がなくても鑑定できるだろうと言いたいのか、あるいは、本当に確たる情報を持っていなかったのか。いずれにしても、箕作君らしいじゃないか」

能條は残り二つの箱も開け、中身をふたの上に置いた。真ん中の頭蓋骨は眼窩《がんか》より上の部分のみで、左端のものは下顎の半分が完全に失われている。

「三つともかなり形が違いますね。鑑定の方は進んでいたのでしょうか？」丸椅子を引き寄せながら、環が訊いた。

「すぐに分かったことは、もう箕作君にも伝えてある」能條は慣れた手つきで右端の頭蓋骨を手に取った。「まず、これは現生人類──ホモ・サピエンスのものだ。欠損も少ないので間違いない。年代的にも五万年前より新しいものだろう」

能條が差し出した頭蓋骨を、環は両手で受け取った。ところどころ石膏のようなもので補修してある。裏側に、標本番号が書かれた小さな紙片が貼ってあった。

「〈カ〇一三七〉──標本番号のふり方がレトロですね。最近採られたサンプルじゃないな」

次に能條は真ん中の頭蓋骨を取り上げた。前頭部から頭頂部までだけのものだ。

「こっちはかなり部分的な試料なので、はっきりしたことは分からない。ただし、眉上突起と額の傾斜は、ホモ・ネアンデルターレンシス——ネアンデルタール人のものに似ている。これに関しては、まだ検討が必要だ」

「後頭部の張り出し具合が分かれば、もう少しはっきりするんですがねえ」井沢が残念そうに言った。

能條は最後に左端の頭蓋骨を持ち上げた。相当古いものなのか、骨の質感が他の二つとはまるで違う。

「見ての通り、かなり特徴的な形の頭蓋なので、判定は容易だ。この分厚く平らな頭頂部に、前に突き出した眉上突起。横後頭隆起まではっきり見て取れる。ホモ・エレクトスの仲間に間違いないだろう」

「ホモ・エレクトス……」環は額に手をやった。展示館の人類史コーナーで何度も見たはずだ。「現生人類やネアンデルタール人の直系の祖先でしたっけ?」

「今のところそう考えられているね」井沢が言った。「百八十万年前に現れて、人類史上初めてアフリカからユーラシアに渡り、世界各地で定着した。石器や火を使い、集団で狩りをしたと考えられている。社会性を持った、初めてのヒトらしいヒトだね」

能條が頭蓋骨を置いて、補足する。「このホモ・エレクトスの子孫が五十万年前に枝分かれして、ホモ・ネアンデルターレンシスとホモ・サピエンスに進化した。つまり、ホモ・エレクトスを親だとすると、ネアンデルタール人と現生人類は兄弟のような関係になる。よく誤解されているが、ネアンデルタール人が進化して現生人類になったわけではない」

「なるほど」かくいう環も、博物館で働くようになるまでは、この辺りの知識に自信はなかった。

「もっと知られていないことだが――」能條がもったいをつけて言う。「ネアンデルタール人は、三万年前に絶滅するまで、現生人類と共存していた。ヨーロッパや中東では、両者が接触した証拠もある」

「種の異なる人類が近くで生きている状況なんて、わたしたちにはちょっと想像できないですよね」環はゆっくりとかぶりを振る。

環はあらためて三つの頭蓋骨を見比べた。左から年代的に古い順に、ホモ・エレクトス、ホモ・ネアンデルターレンシス、ホモ・サピエンスと、三種の人類が並んでいるわけだ。

「池之端さん」能條が環の目をのぞき込んだ。「箕作君が中国に飛んだ理由は、この人骨と何か関係があるのではないか――あなたはそう考えているわけだね？」

「はい」環ははっきりうなずいた。「箕作さんと行動をともにしていると見られる中国科学院の楊さんも、人類学の研究者です。箕作さんが楊さんとコンタクトを取り始めたのが、ちょうど一ヶ月前——能條先生に鑑定を依頼したのと同じ頃です。二つの出来事が無関係だとは思えません」

「つまり、この三つの頭蓋骨は中国で発掘されたものではないか、ということかね？」

「はい。出どころをはっきり言わなかったのも、そのせいではないかと」

科学の世界でも、中国はけしてオープンな国だとは言えない。外国人研究者が中国国内の貴重な試料にアクセスしたり、それを国外に持ち出したりすることは、ほぼ不可能だ。

「ふむ」能條はテーブルの上で両手を組んだ。「この三つが中国で出た人骨だということになれば、それは極めて重大なことだ。科学的にも、歴史的にも」

「『科学的にも』というのは、このネアンデルタールのことでしょうか？」井沢が真ん中の頭蓋骨を指差して言った。

「そうだ。中国では今までネアンデルタール人の骨はただの一つも見つかっていない。もしこれがそうなら、第一号ということになる」

「『歴史的にも』というのは？」今度は環が訊いた。

「これだ」能條はホモ・エレクトスの頭蓋骨に手を置いた。「こいつが中国産だとすれば、これはすなわち『北京原人』の頭蓋骨ということになる」

「なるほど、そうか」環はまた人類史コーナーの掲示を思い出した。北京原人やジャワ原人は、ホモ・エレクトスに属する亜種——同じ種の中で形態や分布地域に特徴のある個体群——なのだ。

「いや、しかしそれは……」

頬を引きつらせて口をはさむ井沢を、能條が右手を挙げて制した。

「だがね、池之端さん。あなたはご存じないかもしれないが、北京原人の骨——とくにここまで完全な頭蓋骨は、今やこの世に存在しないのだよ」

「存在しないって……写真を見たことありますよ？　確かうちの展示室にも——」

「まあ聞きたまえ」能條は目だけでうなずき、語り始める。

「北京原人は、北京郊外にある龍骨山《りゅうこつさん》というところで発見された。一九二〇年代から一九三〇年代にかけて大規模な発掘がおこなわれ、数十個体の人骨と、数個の頭蓋骨が見つかったとされている。発掘において中心的な役割を果たしたのは、中国人ではない。北京協和医学院のブラック、ワイデンライヒといった研究者たちだ。この北京協和医学院というのは、アメリカのロックフェラー財団が設立したものでね」

「つまり、アメリカが発掘の主導権を握っていたと——？」

「そういうことだ。そして、さらにもう一つの国が北京原人に関わってくる。日本だ。

一九三七年に盧溝橋《ろこうきょう》事件が起こり、日中戦争が勃発。ほどなくして、北京を含む中国北部は日本軍に制圧された。日本政府も北京原人には並々ならぬ興味を抱いていたらしくてね。すぐに東京帝国大学から佐久間喬《さくまたかし》博士ら数名の人類学者を北京に送りこんでいる。当然、龍骨山での発掘作業は中断されたが、北京協和医学院とそこに保管されていた人骨はまだアメリカの支配下にあった」

「アメリカ人たちはまだ北京に残っていたんですね」

「日米開戦前のことだからな。北京には米海兵隊も駐留していた。中国で混乱が深まり、日米間の緊張が高まる中、アメリカ側は密かに北京原人の骨を国外に運び出す準備を始めた。日本軍に奪われるのを恐れたのだ。作業がおこなわれたのは一九四一年の十一月頃だと言われている」

「一九四一年の十一月ということは――」環はおぼろげな近代史の記憶をたぐった。

「そう。日米開戦のわずか一ヶ月前だ。十二月八日に真珠湾攻撃が起こると、その翌日には日本軍が北京協和医学院を占拠した。すぐに佐久間博士らの一行が兵士とともに北京協和医学院にやってきて、発掘物の保管庫を開けさせた。だが、そのときにはもう北京原人の骨はなかったとされている」

「アメリカ側がすでに運び出していたということですか？」

「それがよく分からないのだ」能條は渋い顔でかぶりを振った。「それ以来今日まで、北京原人の骨はすべて行方不明になったままだ。これがかの有名な『北京原人化石紛失事件』だよ」

「そんな……」環は絶句した。

「事件の真相については諸説ある。輸送に関わった米海兵隊員によって盗まれた。日本人の手に渡らないよう中国のどこかに埋められた。戦闘によって破壊された。日本軍が港で押収したが、手違いがあって棄《す》てられてしまった――などだ」能條はそこで人差し指を立てた。「そして、今も中国で根強く信じられているのが――日本人は中国国内に隠されていた北京原人の骨を密かに見つけ出しており、それは今も日本のどこかにある、という説だ」

「今も日本に？」環は目を丸くした。「何か根拠はあるんですか？」

「根拠と言えるほどのものはない。ただ、佐久間博士は、一九四二年八月に北京原人の捜索を突然中止し、検討されていた龍骨山での再発掘計画も放棄した。それがどうも不自然だということだろう。事実、佐久間博士は、北京協和医学院で押収した人骨以外の化石や考古遺物を日本に持ち帰っている。終戦まで帝室博物館で保管されていたそうだ」

「つまり、その中に北京原人の骨も含まれていたのではないか、ということでしょうか？」

能條がうなずく。「そんな疑念を持たれるのも、無理からぬことだろう」

「もしかして――」環は目の前のホモ・エレクトスを指差した。「能條先生は、この頭蓋骨がそのとき密かに日本に持ち出された北京原人の骨の一つだと……？」

「そう考えたくなる理由が、私にも一つあるのだよ」能條は環の目をのぞきこんだ。

「この頭蓋骨を持ってきたのが、他ならぬ箕作君だということだ」

「どういう意味です？」思わず身を乗り出す。

「箕作君と北京原人には、切っても切れない因縁がある。彼の祖父、箕作修一博士は、佐久間博士の助手の一人として、北京に同行していたんだ」

「ほんとですか!?」

「だが残念なことに、箕作博士は一九四一年に北京の郊外で中国側ゲリラの銃弾を受け、亡くなってしまった。日本から派遣された学者の中で、ただ一人の戦死者だよ」

無意識のうちに、環はジャケットのポケットを上から握りしめ、その感触を確かめていた。そこにある硬いものは、あの黒い万年筆だった。


三つの頭蓋骨が入ったトランクを転がしながら、能條と並んで公園内の大通りを歩く。国道に出てタクシーを拾うという能條を見送りに出たのだ。

「箕作君が心配かね？」能條が環の横顔に訊ねてきた。

「そりゃあ、もちろん」よほど顔が強張っていたのかと、空いた手で頰をさする。「彼は簡単にくたばるような男じゃない」能條は力みのない口調で言った。「我々は自分たちにできることをやるしかない。佐久間博士もとうにお亡くなりになっているが、お弟子さんはたくさんいる。当時のことで何か知っていることがないか、私から皆に訊いてみよう。今なら話せるということもあるかもしれん」

「ありがとうございます」環は頭を下げた。

動物研究部長の話では、明日にも中国の警察が捜索を開始するという。念のため龍骨山の発掘現場跡地も調べてもらえるよう、部長には伝えておいた。

北京や河北省の一帯では急激に気温が下がり始めていて、雪が降ってもおかしくないらしい。洞窟の中だとはいえ、装備が不足していれば凍死する可能性もある。

しばらく黙り込んでいた能條が、唐突に言った。

「箕作君が人類学の世界から遠ざかったのも、おそらく北京原人が原因だ」

「どういうことです？」

「何年か前、大英自然史博物館の古い友人に訊いてみたことがあるんだ。イギリス滞在中の箕作君に、いったい何があったのか。友人が言うには、当時の人類学部門の責任者が、北京協和医学院にゆかりのある人物だったそうでね。箕作君のお祖父さんが佐久間博士の助手だったことを知って、急に冷たくあたるようになったらしい。骨盗人《ほねぬすびと》の孫、レイシストの孫だといってね」

「骨盗人は分かりますけど、レイシストというのは？」

「現生人類の起源がアフリカにあることが分かったのは、一九八〇年代のことだ。それが世界中に広がり、各地で先住の原人やネアンデルタール人と置き換わったという考えが、現在では広く受け入れられている。それまでは、ホモ・エレクトスなどの原人が世界各地で独自の進化をとげ、それぞれの人種の祖先となったという説が支配的だった」

「つまり、アジア人の祖先は北京原人だと——」

「そういうことだ。だが、こうした考え方は、どうしても人種差別と結びつきやすい。戦時中、大東亜共栄圏を夢想していた政府、軍部、学者の中には、アジア人の人種的独立性と優位性を示すための材料として北京原人を利用しようと考えた者もいたのだろう」

「なるほど。そう考えると、日本政府と軍の素早い動きも理解できますね」

能條は小さくうなずき、眉間に深くしわを寄せた。

「とにかく、箕作君にとって、大英自然史博物館の人類学部門は居心地のいい場所ではなくなってしまった。それに嫌気がさしたのか、箕作君は人類学部門に籍を置いたまま、一人で古脊椎動物の研究をするようになったそうだ」

薄暗い研究室で孤独に化石のクリーニングに没頭する箕作の姿を想像していると、能条がそれまでになく優しい口調で言った。

「箕作君にも困ったものだな。どんな事情があろうと、せめて恋人にはちゃんと行き先を告げておくべきだ。偏屈な男を恋人にもつと、苦労する」

「え？　恋人って？」思わず声が上ずった。そんな女性がいるなんて、聞いていない――。

「あなたは、箕作君の恋人なんだろう？」

「はい？」今度は声が裏返った。「わたし？　まさか！　違いますよ！　違います！」

「違うのか？」能條は大きく眉を動かし、こけた頬を緩めた。「だったら、余計なことを言ったな」

4

環はアシダカグモの標本がつまった段ボール箱を抱え、よろけながら部屋を出た。標本収蔵室ハ号の前の廊下は、すでにガラクタでいっぱいだ。ひからびたマンボウの隣に段ボール箱を置き、白衣の袖で額の汗をぬぐう。

収蔵室ハ号の奥には、箕作が私物を置いている書棚がある。もしかしたら、そこに中国の古人類に関する資料があるかもしれない。二階の箕作の居室は昨日までに探しつくしていた。

書棚にアクセスするには、通路を埋めつくした標本や剝製を外に出す必要がある。かれこれ二時間も一人で奮闘しているのだが、まだまだ書棚にはたどり着かない。

この二日間は、何の進展もないまま、ただ時間だけが過ぎていった。

中国側の捜索は始まっているようだが、捜索範囲があまりに広すぎて、どこから手をつけていいか分からないというのが実情だろう。

環はずっと「赤煉瓦」にこもり、どこかに箕作が残した手がかりがないか、探し続けている。環にできることはそれぐらいしかなかった。

収蔵室ハ号に戻り、アンモナイトの破片が入った木箱を抱え上げる。廊下に踏み出した途端、何かにつまずいた。次の瞬間には、床に激しく両膝を打ちつけていた。

木箱の中のアンモナイトが派手な音を立てて廊下に散らばる。環はそのまま床にへたりこんだ。鼻の奥がつんとして、涙がにじんでくる。痛みのせいではない。無力な自分がただ悔しかった。

ここでアンモナイトの破片をつなぎ合わせていた箕作の姿が、脳裏に甦る。その箕作は今、暗い洞窟で飢えと寒さに震えているのだ。食料と水はもうほとんど底をついているだろう。昨夜は北京市内にも雪が舞ったらしい。状況は厳しさを増しており、残された時間は少ない。

環はジャケットのポケットに手を突っ込み、箕作の万年筆を取り出した。肌身離さず持っていた万年筆がなくて、心許ない思いをしているに違いない。箕作の居場所を突きとめて、これを届けにいくのだ――。

洟《はな》をすすって立ち上がったとき、白衣のポケットで携帯電話が鳴った。電話に出るなり、〈能條だが〉と張りのある声が聞こえた。

「ああ――はい、池之端です」環は涙をぬぐい、つとめて声をはげました。

〈さっき、佐久間博士の最初の弟子だった人物から、興味深いことを教えてもらった。戦後ずいぶん経って、酒の席で本人から聞いたらしい。佐久間博士が命じられていたのは、北京協和医学院で保管されている北京原人の骨の確保だった。しかし、助手の一人だった箕作修一博士には、別の重大な任務が与えられていたというんだ〉

「重大な任務？」

〈龍骨山以外の場所で、北京原人を含む古人類の骨が発掘できるかどうか、可能性を探るという任務だ〉

「でも、どうしてそんな手間のかかりそうなことを――」

〈言っただろう？　一九三七年に佐久間博士たちが北京に送り込まれたとき、発掘された人骨はすべてアメリカに押さえられていたんだ。その状況が変わらなければ、北京原人は手に入らない。その場合に備えて、日本も独自に発掘を進めておこうとしたわけ

だ〉

「なるほど。そういうことか」

〈箕作博士は、専任の中国人スタッフとともに、現在の河北省や内モンゴル自治区で三年にわたって現地調査と試掘をおこなった。竜骨が出ることが知られている洞窟などが対象になったようだ〉

「竜骨？」

〈脊椎動物の化石のことだ。中国人は、化石化した動物の骨を竜の遺物だと考えて、漢方薬の原料にしていた。その中に、古人類の骨が混ざっていることがあるんだ〉

「なんだかすごい話ですね」

〈箕作博士らは、三年間、休むことなく調査に明け暮れたそうだ。身も心も限界まですり減らすような、たいへんな仕事だったらしい〉

「箕作修一博士は、実際にどこかで何か掘り当てたのでしょうか？」

〈分からん。佐久間博士もそれについては何も言わなかったらしい〉

「箕作さんもその話を聞いていたかもしれませんね」環は頬に手をやった。「例えば、お祖母《ばあ》さんやお父さんから」

〈場合によっては、祖父さんが自ら中国で発掘した人骨を密かに日本に持ち帰った、という話もな〉能條が平然と言った。

「どういう意味です？」

〈箕作修一博士は、一九四一年の夏、病気療養を理由に一度日本に帰国しているんだ。だが、二ヶ月後には再び北京に戻り、その三日後にゲリラに殺されてしまった。慌てて帰ってこなければ死ぬこともなかったのに、と佐久間博士も嘆いていたらしい〉

「つまり、その一時帰国のときに中国から何か持ち帰ったということですか？」

〈推測に過ぎんがな——〉

電話を切ったあとも、環はしばらく携帯電話を握りしめていた。

以前能條が口にした疑問をふと思い出す。なぜ箕作がここ「赤煉瓦」を離れようとしないのか、という疑問だ。

考えをめぐらせているうちに、標本収蔵室二号に足を踏み入れていた。空っぽの部屋を奥まで進み、窓際に歩み寄る。

もしかしたら箕作は、祖父修一が発掘した人骨を、「赤煉瓦」で探し続けていたのではないだろうか？

佐久間博士が北京から持ち帰った考古遺物は、終戦まで帝室博物館で保管されていたという。帝室博物館は、国立博物館と国立自然史博物館の前身にあたる。国立自然史博物館の建物のうち、戦前から存在しているのはここ「赤煉瓦」だけだ。箕作修一博士が中国から人骨を持ち帰ったとすれば、それは今もこの建物のどこかに埋もれているかもしれない——そう考えるのは、ごく自然なことだろう。

そして一ヶ月前、箕作はついにあの三つの頭蓋骨を見つけたのだ。

しかし——。環は頰に手をやった。

箕作はここに五年以上住み着いている。四つの標本収蔵室に放り込まれているガラクタについては、すでに精通しているのだ。人骨を探し続けていたとすれば、もっと早い段階で見つけ出しているはずだ。

一ヶ月前、それまでの状況を一変させる何かがあったに違いない。そしてそれは、ここ標本収蔵室二号が空っぽにされたことと関係がある。箕作はこの部屋のガラクタを運び出しながら、何を見たのか？

環は室内をゆっくり歩き始めた。床板がやけにきしる。得体の知れない染みが、複雑な模様をつくっている。

そうか——。環の頭にある考えが浮かんだ。

もしかしたら箕作は、こうして床を見たかったのではないか？　なぜか。例えば、床下だ。床板の下に何かが隠されている可能性を考えたのかもしれない。

環は部屋の隅へ行き、前かがみになって床板の状態を順に調べていく。何年もワックスが塗られていないせいか、表面はささくれ立ち、ほこりやちりがたまっている。床下の点検口のようなものはないし、最近板がはがされた形跡もない。

環は収蔵室二号を出た。廊下を進み、地下トンネルに下りる階段へと向かう。階段の途中に床下をのぞけるような隙間でもないかと思ったのだ。

鉄製の踏み板を中ほどまで下りてみたが、案の定、側面の壁は完全にモルタルで塗り固められている。環は細い鉄パイプの手すりに左手をかけ、そのままゆっくり階段を下りていった。

階段を下りきったとき、左手に何か柔らかいものが触れた。環は驚いて手を引っ込める。それは植物の茎の先端だった。手すりの支柱に一本のツルが弱々しく巻きついているのだ。

環は慌ててそれに顔を近づける。薄暗い中でもすぐに分かった。箕作の部屋で見つけたクレマチスだ。階段の上から差し込むわずかな光だけで生長したせいか、茎は細く、葉も小さい。

こんなものが、いったいどこから――。その根元をたどって、階段の裏に回った。見れば、モルタルの床に五十センチ四方ほどの鉄格子がはめられている。ツルはその格子の目から出てきていた。床に膝をつき、鉄格子の下をのぞきこむ。排水口かと思ったが、水面らしきものは見えない。

中国原産の『Clematis《クレマチス》 uncinata《ウンシナータ》』が、地下の排水口から伸びている――。箕作も、この不自然なクレマチスの存在に気づき、その端を手折《たお》ったのだ。彼は次にどんな行動をとっただろう——。

環は階段を駆け上がり、箕作の部屋から懐中電灯を持ち出した。再び地下に下りて、鉄格子に手をかける。それは思ったよりも簡単に持ち上がった。やはり最近誰かが外したのか。ツルをちぎらないように気をつけながら、鉄格子を壁に立てかけた。

懐中電灯で穴の中を照らすと、一メートルほど下に、コンクリートの階段のようなものが見える。環は一瞬で理解した。ここはもともと、地下室に入る階段の下り口だったのだ。何らかの理由でそれにモルタルでふたをし、この鉄格子の穴だけを残したに違いない。

通気口としてだろうか。あるいは、秘密の出入り口として使おうとしたのかもしれない。

環は覚悟を決めた。両手を床について体を支え、両足を穴の中に入れる。足はたやすく階段に届いた。体をかがめて中にもぐり込み、懐中電灯で足もとを照らす。クレマチスは、ひび割れたモルタルの隙間から伸びていた。わずかに水がしみ出ているようで、その周りだけ濡《ぬ》れている。たまたまそこに落ちていた種が、水分を得て発芽したのだろう。

環はおそるおそる階段を下りていった。階段の下では暗闇が口を開けている。ドアのようなものはなく、そのまま地下室につながっているようだ。

部屋の入り口で立ち止まり、手前の壁から順に懐中電灯で照らしていく。広さは十畳ほどだろうか。木製の棚に大量の木箱が積まれている。

一番奥の壁に光を当てたとき、環は「ひっ」と息をのんだ。

ガラスがはめられた木製のキャビネットの中から、数個の茶色い頭蓋骨がこちらを見つめていた。

「よく一人で入ってみる気になったねえ。こんなところ」人類研究部長の井沢が感心したように言う。

環は電池式のランタンを地下室の奥にもう一つセットした。ランタンが三つ灯《とも》って、ようやく部屋の隅々にまで光が届くようになる。

奥のキャビネットで頭蓋骨を検《あらた》めていた能條が、こちらに振り向いた。

「例の三種のホモ属だな。ホモ・サピエンスの頭蓋骨が二つ。ホモ・ネアンデルターレンシスらしきものが一つ。ホモ・エレクトスが一つと半分。標本番号のつけ方から見て、採掘地は箕作君から預かったものと同じだろう」

地下室を発見した環は、すぐに井沢を呼びつけた。井沢から連絡を受けた能條も、東都大学から駆けつけてくれた。

環は黙々と木箱を棚から下ろし、手早く中身を確かめていく。その横で、井沢が箱から人骨を一つずつ取り出しながら言った。

「この箱は全部骨だ。これは大腿骨《だいたいこつ》かな。子供のものかもしれん」

「井沢君、ちょっとこれを見てくれ」キャビネットの前で能條が井沢を呼んだ。「このネアンデルタールの頭蓋骨には、下顎が半分残っている。この下顎、ちょっと変わってると思わんかね？」

「ほんとだ。ネアンデルタール人にしては、おとがいが尖《とが》ってますね。現生人類の下顎に近い。たまたまこの個体がそうなのか、それとも——」

「ちょっと、お二人とも！」環は目上の二人にいら立ちを隠さず言った。「骨談義はあとにしてください。まずは資料です。採掘地が分からないと、意味がない」

次の木箱のふたを取ると、油紙に包まれた紙束のようなものがぎっしり詰まっていた。はやる気持ちを抑えて丁寧に油紙を開くと、紐で綴じられた黒い表紙の冊子が見える。

「あった！」環が声を上げると、能條と井沢がそばにやってきた。

環は一番上の冊子を手に取り、固い紙の表紙を開く。

「〈第一期貝白洞《かいはくどう》発掘調査報告書（其ノ一）　理学博士　箕作修一〉——箕作修一！　やっぱりそうだ！　ここにあるのは、箕作修一博士が中国で発掘した人骨ですよ！」

報告書は青いインクで書かれている。あの万年筆を使ったに違いない。

「貝白洞というのが、採掘地か」井沢が環の肩越しに言った。「地図はない？」

環は急いでページをめくる。〈地理及ビ地質概要〉という章に、地形図がはさみこんであった。広げてみると、発掘地点と思しき場所にインクで点が打たれ、〈貝白洞入口〉と書き入れてある。

「ほら！　ここに張家口の街がありますよ！」環は地形図の右隅に印字された文字を指差した。「携帯電話の発信地域の近くです！　箕作さんはきっとここにいるんだ！」

別の報告書をめくっていた能條が、抑制の利いた声を地下室に響かせる。

「箕作修一博士は、ホモ・エレクトス——つまり北京原人の記載に膨大な枚数を費やしている。やはり一番の関心はそこにあったようだ。一方で、ホモ・ネアンデルターレンシスらしき人骨の解釈については、〈詳細不明。現生人類ノ奇形、或ハ新種ノ原人カ。今後検討ヲ要ス〉としか述べていない」

「ネアンデルタールだとは分からなかったんでしょうか？」井沢が訊いた。

「分からなかったのか、ネアンデルタールではないと判定したのか……。いずれにせよ、北京原人の研究が済んでから、ゆっくり取りかかるつもりだったのだろう」

能條は難しい顔であごひげをしごき、続けた。

「まったく、この貝白洞というのは、たいへんなところだぞ。失われた北京原人、中国では未発見のネアンデルタール人、そして現生人類の人骨がいっぺんに出たわけだからな。三種の異なる人類が暮らしていた洞窟など、世界でも例がない。箕作君がたまらず飛んでいったのも分かる」

「とにかく、すぐ館長に連絡を！」環は報告書を抱いて地下室を飛び出した。

5

先頭を歩いていたレスキュー隊員が、前方の高台を指差して中国語で何か叫んだ。そちらに目をやると、切り立った崖の下に茶色い扉のようなものが見える。貝白洞の入り口だ。

隊員たちがペースを速めた。環は息を切らして必死でついていく。岩だらけの斜面を一時間以上かけて上ってきたので、距離以上に消耗していた。北京から車に乗せてきてくれた日本大使館のスタッフと井沢は、どんどん遅れて後方に離れていく。

高台には十分ほどで到着した。洞窟の入り口はブロックで補強され、頑丈そうな鉄の扉で閉め切られている。環はレスキュー隊を押しのけて入り口に駆け寄ると、錆《さ》びた扉を両の拳で力いっぱい叩いた。

「箕作さん！」声を振り絞って叫ぶ。「箕作さん！　聞こえますか！」

しばらくすると、扉の向こうで声がした。誰かが中国語でわめいている。おそらく楊という研究員だ。

「箕作さん！　箕作さんは!?」

箕作の返事はない。代わりに楊が何か言った。一人のレスキュー隊員がそれに応じ、環の肩をつかんで扉からはがす。

隊員は錆びついた太いかんぬきを両手で握り、体重をかけて横に引いた。ギッと嫌な音を立てて、鉄の棒がわずかに滑る。隊員は渾身《こんしん》の力を振り絞るが、かんぬきの動きはそこで止まってしまった。口々に何か言い始めた隊員たちの身振りから推測するに、楊たちが中から扉に体当たりを繰り返したせいで、かんぬきと金具が変形してしまったらしい。

レスキュー隊員たちはバールやハンマーを手に、扉の前で作業を始めた。その間も楊は中から大声で事情を話し続けている。その内容を、追いついた大使館員が翻訳してくれた。

物資の運搬とキャンプ設営のために雇った二人の男が、夜中に金目のものを奪って逃げたという。現金の他に、楊のノートパソコン、携帯型ＧＰＳ、カメラなどが盗まれたそうだ。

犯行に気づいて二人を取り押さえようとした楊は、頭を殴られて気絶した。男たちは扉の外からかんぬきをかけて箕作と楊を中に閉じ込め、山のふもとに停めてあった楊の車で逃走したらしい。携帯電話は楊のものだったが、楊は丸一日気を失っており、バッテリーも残り少なくなっていたことから、箕作が日本にSOSを発したようだ。

作業は五分ほどで終わり、金属がこすれる音を響かせてかんぬきが抜けた。蝶番《ちょうつがい》をきしらせて重い扉が開き、中から楊が現れた。青い防寒着を着込み、適当な布で作った包帯を頭に巻いている。赤黒い染みが痛々しい。

扉の前で待ち構えていた環は、楊につかみかかるようにして訊いた。

「箕作さんは!?　箕作さんはどこ!?」

楊は目を丸くして洞窟の中を指差した。環は急いでヘッドランプを装着し、レスキュー隊の制止を振り切って洞窟に駆け込んだ。うしろで井沢が「待ちなさい！」と叫んでいる。

狭いトンネルを十五メートルほど進むと、突然目の前に広々とした空間が広がった。天井まで二十メートルほどの高さがあり、そこに開いた裂け目から外の光が差し込んでくる。数家族が暮らすのに十分な大きさだ。

「箕作さーん！」環が叫ぶと、その声が石灰岩の岩肌で反響した。返事はない。

さらに奥へと進んでいくと、地面と壁面を平面的に削り取った一画に出た。発掘地点だ。足もとにあったバケツを取り上げ、中をのぞいてみる。

「おい、勝手に触るな」突然、背後で声がした。「それはゴミじゃない」

振り返ると、そこに箕作が立っていた。

「箕作さん！」環は足を踏み鳴らした。「もう！　早く出てきてくださいよ！」

箕作の手にはなぜか移植ごてが握られている。髪はぼさぼさで、ひげも伸び放題。防寒着は泥だらけだ。頰はこけ、声もかすれているが、目には力があった。

「レスキュー隊が来たこと、分かってたんでしょう？　どこまで心配かければ気が済むんですか！」まくしたてているうちに、環の目に涙があふれてきた。

箕作はそんな環を見つめ、無言で右腕を伸ばしてくる。背中の方に手を回されて、思わず体を硬くした。

「え？　なに――」顔が熱くなり、鼓動が激しくなる。

箕作の手は環の体に触れることなく背中のザックに伸びて、サイドポケットからペットボトルを抜き取った。半分ほど残っていた水を一息に飲み干し、口をぬぐう。

「空腹はともかく、飲み水がないのはこたえる」

「もう」環は聞こえるようにため息をついた。「さ、早く行きましょう。とりあえず病院で検査を――」

「ダメだ」箕作が環の腕を振り払う。「まだ作業中だ」

「はい？　もう、こんなときにふざけないで！」

「僕はここには出入り禁止になるだろう。楊に頼み込んで、正式な許可も得ず調査に入ったわけだからな。だから、今見られるものはすべて見ておきたい。一昨日、非常に興味深いものを見つけたんだ」

　箕作はそれだけ言うと、洞窟を奥へと進んでいく。仕方なく環もそれに従った。

「それにしても来るのが遅い」歩きながら箕作が言った。「何日待たせる気だ」

「すぐに来られるわけないでしょう？」環は口をとがらせる。「場所が分かんなかったんですから」

「なぜだ？　電話で伝えただろう？」

「音が途切れて聞こえなかったんですよ！　そう言ったでしょう？」

「こちらもそんなことは聞こえなかった」箕作は悪びれもせず肩をすくめる。「じゃあ、どうやってここを突き止めたんだ？」

　環は地下室発見までの経緯を説明した。黙って聞いていた箕作が、ふと立ち止まった。環に一瞥を投げると、くるりと背を向けて語り始める。

「祖父が中国で発掘した人骨を日本に持ち帰ったことは、ずいぶん前から分かっていた。ことあるごとに祖母が言っていたからな。『お前のお祖父さんは、大事なお役目をきちんとやり遂げて亡くなったんだよ』と。ただし、その在り処は祖母も父も知らなかった」

「ご家族にも黙ってらしたんですね」

「僕自身は、それがどこに隠されていたにせよ、東京大空襲で失われてしまったのだろうと思っていた。僕が調べた限り、佐久間博士もそう考えていた節がある。だが、イギリスから戻って国立自然史博物館に職を得たとき、初めて『赤煉瓦』の存在を知った。祖父の持ち帰った人骨があるならそこだと思った」

「それであそこに住み着いたわけですね」

「四つの標本収蔵室を探し回る日々が続いた。だが結局、それらしきものは何も見つからなかった」箕作は壁面の石灰岩を撫でた。

「それでも、『赤煉瓦』からは離れられなかった――」

「ふん」箕作が鼻息をもらす。「惰性だよ。引っ越すのが面倒だっただけだ」

「あの地下室の存在を知ったのは、最近のことなんですか?」

「ひと月ちょっと前だ。偶然、収蔵室ロ号の書棚で『ティン・ハット』という珍しい雑誌を見つけたんだ」

「ティン・ハット?」

「『鉄かぶと』という意味だ。第二次世界大戦中の大英自然史博物館の様子を記録した館内誌だよ。何気なくその雑誌を眺めていると、古生物研究棟の地下にコンクリート製のシェルターが造られたという記事が載っていた。当時のロンドンはドイツ軍によってひどい空爆を受けていたからな」

「貴重な標本を地下に避難させたわけですか」

「なぜずっとその可能性に気づかなかったのかと思ったよ。アメリカとの戦争が始まれば、東京も空襲を受ける。『赤煉瓦』の地下に標本用のシェルターが造られたというのは、十分あり得ることだ」

「収蔵室二号を空っぽにしたのも、地下室への入り口を探そうとして、ですね？」

箕作はうなずいた。「だが結局、一階の収蔵室に入り口はなかった。ならば地下トンネルの方からアクセスできるのかもしれない。地下に下りてモルタルの壁を叩いて回っているときに、あのクレマチスを見つけた。あれは中国原産だ。ピンときた。人骨に紛れて中国から運ばれてきた種が、偶然発芽したんじゃないかと」

「それにしても、なんで地下室への階段にふたをしちゃったんですかね？　おかげでわたしたちがたいへんな苦労をする羽目になった」

「地下室を造らせたのも、その入り口を埋めたのも、おそらく祖父だろう。日本に人骨を持ち帰ったときに思いついて、独断でやったんだと思う。祖父はいつも、アメリカと戦争になれば日本の負けは目に見えている、と言っていたらしいからな。日本がアメリカに占領されれば、あの人骨もアメリカに奪われてしまうと考えたんだろう」

「日本が中国から北京原人を奪おうとしたみたいに？」

「ああ。だから、北京に戻る前に入り口を埋めたんだ。当時の日本で、アメリカに負けるのを前提としたような対策をとるのは難しい。作業は密かにおこなわれたはずだ。それを見届けて再び日本を離れた祖父は、二度と祖国の土を踏むことはなかった。あの地下室の存在を知る人間も、戦争が終わる頃にはいなくなってしまったんだろう」

　環は大きく息を吐き、洞窟を見渡した。

「それでこんなところまで来たわけですね。お祖父さんが見つけた北京原人に会いに」

「違う」箕作は冷たく言い放った。「僕の目的は北京原人じゃない。ホモ・エレクトスのためだけに、慌てて中国まで飛んできたりはしない」

「だったら、ネアンデルタール人ですか？　中国では初の発見だって――」

「お前が言っているのは、北京原人でなく現生人類でもない、もう一つの人骨のことか？」

「そうですけど……？」

「あれは、ネアンデルタール人ではない」箕作は眉一つ動かさずに言った。「第三の人類、『デニソワ人』だ」

「デニソワ人？」

「二〇〇八年、シベリア南部のデニソワ洞窟で、小さな指の骨が見つかった。地層の年代は五万年前から三万年前。その時代、アフリカを出た現生人類が世界中に広がりつつあり、ヨーロッパから中央アジアにかけてはネアンデルタール人が分布していた」

「ああ」環は能條の話を思い出した。「現生人類とネアンデルタール人が共存していた頃――」

「二〇〇九年から二〇一〇年にかけて、そのデニソワ洞窟で、今度は二本の臼歯が発見された。それらから抽出したＤＮＡを分析した結果、現生人類でもネアンデルタール人でもない、まったく未知の人類のものであることが分かった。それが、デニソワ人だ。最初に見つかった指の骨は、デニソワ人の幼い少女のものだった」

「でも、あの頭蓋骨はネアンデルタール人のものによく似ているって、能條先生が……」

「ネアンデルタール人とデニソワ人は同じ祖先から枝分かれした種で、近縁にある。頭蓋骨が見つかったのはこれが世界初だが、両者が似ていても不思議はない。頭蓋骨は形態人類学の専門家である能條先生に送ったが、他の骨の一部はマックス・プランク進化人類学研究所に送った。そこで遺伝子解析をしてもらった結果、デニソワ人のものであるという結果が出た。僕は、デニソワ人に会いにきたのだ」

「すごい……」

「極めて重大な発見には違いないが、中国でデニソワ人が見つかること自体は、不思議でもなんでもない。シベリアのデニソワ人は、中国を経由して、東南アジアにまで広がったはずだからな」

「どうしてそんなことが言えるんです？」

「デニソワ人のＤＮＡが、オーストラリアとその周辺の島々に住む先住民の遺伝子に残っているからだ」

「えっ？」環は耳を疑った。

「デニソワ人と現生人類は、東アジアから東南アジアにかけての地域で、交雑した、、」

「交雑!?　まさかそんな——」

「例えば、オーストラリアのアボリジニは、平均して五パーセントの遺伝子をデニソワ人から受け継いでいる」

「でも、デニソワ人と現生人類は、種のレベルで異なっているわけですよね？　異人類との交雑なんて……そんなこと、あり得るんでしょうか？」

異なる種の間では交配がなされない。あるいは、交配がなされてもその子孫には繁殖能力がない。それが一般的な「種」の概念だったはずだ。人類における「種」は、その概念ではとらえられないということか——。

「あり得るも何も、お前の大好きなＤＮＡデータがそう言っているんだ」箕作は意地悪く口の端を歪めた。「交雑といっても、お前が想像しているような野蛮なものではなかったのかもしれないぞ」

箕作はそう言うと、また洞窟を奥へと歩き始める。途中真っ暗になったが、しばらく行くとまた天井に裂け目が現れて、明るくなった。そこに、別の発掘地点があった。壁面に水平をとるための糸が張られ、シャベルなどの発掘用具が散乱している。

「この床面の地層は、出てくる哺乳類の化石から見て、およそ四万年前と推定できる。これを見ろ。一昨日この地層で見つけたものだ」

箕作がそばの木箱から薄黄色の細長い棒を取り出した。太さは一センチ弱、長さは十五センチほどだ。途中で折れていて、中空なのが見てとれた。

「骨ですか？」

「大型の鳥の骨だ。側面に三つ穴があいているだろう？　おそらくこれは、フルートだ」

「フルートって、楽器の？」

「これとそっくりなものが、ヨーロッパの四万年前の地層からも出土している。そちらは現生人類が作ったものだと解釈されているが、これは違う。この地層からは、デニソワ人の骨しか出てこないからだ」

「デニソワ人の笛――」環はあらためてその素朴な楽器を見つめた。「そう言えば、ネアンデルタール人は、墓地に花を供えたり、楽器を演奏したり、歌を歌ったりしていた可能性があると聞いたことがあります」

「ある研究者は、ネアンデルタール人は言語の前段階として歌でコミュニケーションをとっていたのではないかと言っている。ホモ・サピエンスはＩＱが高く、ネアンデルタール人はＥＱが高いという話もある」

「ＥＱ？」

「情動知能のことだ。心の知能指数ともいう。ＥＱが高いということは、他者の心や感情を理解する能力に優れていることを意味する。ネアンデルタール人の近縁であるデニソワ人も、歌と音楽を愛する心優しい人々だったのかもしれない」

「へえ」箕作らしくない台詞に、思わず口もとが緩む。

「この地層より上、つまり少し時代が新しくなると、今度はデニソワ人と現生人類の骨が一緒に出てくるようになる。この洞窟で、二つの異なる人類がともに暮らしていた可能性があるということだ」

「共同生活ということですか？」

「厳しい冬、現生人類の一団が寒さをしのごうとこの洞窟にやってきた。だが、ここにはすでにデニソワ人たちが暮らしていた。デニソワ人は、自分たちとは少し姿形の違う彼らを温かく受け入れた。冬をやり過ごす間、デニソワ人は歌と音楽を教え、現生人類は洗練された石器の作り方を教えた。デニソワ人の少女と現生人類の少年は、すぐに仲良くなったはずだ。大人たちの中にも、愛を交わすカップルが出てきただろう」

箕作は、遠くを見るような目で壁面を見つめ、続ける。

「やがて、そのカップルに赤ん坊が生まれる。現生人類とデニソワ人の間の子供だ。赤ん坊に子守唄を歌ってやったのは、デニソワ人の少女だったかもしれない」

「どうしたんですか？　そんなロマンチックなこと言うなんて」環はいたずらっぽく笑

った。

「ネアンデルタール人もまた、ヨーロッパや中東で現生人類と接触した。現生人類と交易するか学ぶかして、その石器文化を取り入れた形跡がある。現生人類の方はネアンデルタール人から何かを学ぶということはなかったというのが通説だ。でもそれは、ずいぶん傲慢《ごうまん》な考えだと思わないか？」

「物として残らないことを学んだ可能性はありますよね」

「四万年前を境に、現生人類の文化は爆発的に飛躍した。文化が飛躍する最大の原動力は、異文化との接触だ。異文化からの感染だ。その相手がネアンデルタール人やデニソワ人でなかったとは、誰にも言えないだろう」

「確かに」環はうなずいた。「たとえ想像でも、素敵だと思います」

「白だの黒だの黄色だのと、わずかな見た目の違いばかりに目を向けて、同じ種どうしでしつこくいがみ合うホモ・サピエンスばかり見てるんだ。そんな想像もしたくなる」

そのとき、後ろから大きな中国語が聞こえてきた。心配したレスキュー隊が探しにきたらしい。

「時間切れか」箕作がため息をついた。

レスキュー隊に続いて外に出ると、箕作がまぶしそうに目を細めた。洞窟の方を振り向いて、眉根を寄せる。

「お前の相手をしていたせいで、デニソワ人と最後にゆっくり話ができなかった」

「またそんな憎まれ口を」環は口をへの字にして箕作をにらんだ。「人に助けを求めておいて」

「お前に助けてもらおうと思ったわけじゃない。お前はただの通報先だ。窓口だ」

「わたしがあのクレマチスに気づかなかったら、一ヶ月後には箕作さんが洞窟で骨になってましたよ」

「まあ確かに、よくあんなものに気がついたな」

「箕作さんの部屋にあったクレマチスのそばに、〈池之端に〉って書いてあったでしょ。ほら、世界地図の上に。あれを見て、わたしにこのクレマチスのことを調べさせようとしてたのかな、と思ったんです」

「あん？」箕作が眉間にしわを寄せた。「植物のことをお前に訊くわけがないだろう。お前に調べてもらおうとしていたのは、ハプログループの方だ」

「ああ、世界地図に殴り書きしてあった？」

「ハプログループ『D』の日本人は、オーストラリアとその周辺の島々の先住民にルーツを持っている可能性がある。つまり、デニソワ人の遺伝子をもった人々だ。日本人のDNAデータベースを使って、デニソワ人の遺伝子が我々の体に残されている可能性について、一緒に研究してみないかと思ったんだ」

「一緒にって……誰とですか？」

「だから」箕作が怒ったように言った。「お前とだと言っている」

環はしばらくあっけにとられていたが、そのうち笑いがこみ上げてきた。なぜだか自分でも分からない。

「ふふっ」こらえ切れずに、笑い声がもれた。

「何がおかしい」

「しびれを切らしたんですね、あのクレマチス。いつまでも誰も見つけてくれないから、頑張って地下から這《は》い出して、なんとか手すりに巻きついた」

箕作が怪訝な顔を向けてくるが、環は構わずに続ける。

「お手柄ですよ。箕作修一博士だけでなく、箕作類まで見つけてくれたんだから。あ、そうだ――」環は上着のポケットからあの万年筆を取り出した。「ここへ来るなら忘れちゃダメでしょう？　ここは、もとの持ち主がすべてを懸けた場所なんだから」

「どこにあった？」箕作は環の顔をじっと見つめたまま、万年筆を受け取った。「出発直前まで探していたんだが、見つからなかった」

「整理整頓しないからですよ」

子供を叱るように言うと、箕作は露骨に嫌な顔をして、環から目をそらした。そして、キャップに彫られた金文字に目を落とし、自分をここまで連れてきた人類学者の名前をひと撫でした。

上ってきたときは気づかなかったが、この高台からは乾いた原野が一望できる。雲の切れ目から大地に向かって幾筋もの光が伸びて、幻想的だった。

環は冷たい空気を胸いっぱい吸い込んで、言った。

「それにしても、お祖父さんの人生を追いかけているうちに、いつの間にか人類の祖先をたどる旅に迷いこんじゃいましたね」

「こんなことがあるから、人類学は面白い」

「あれ？　人類学は嫌になったんじゃなかったんでしたっけ？」箕作の顔をのぞきこんだ。

「嫌なのは、一部のくだらない人類学者と一緒にされることだ。人類学自体は、当然僕の守備範囲だ。なにせ僕は――」

「〝博物学者〟ですもんね」

環が先回りすると、箕作はまたまぶしそうに目を細めた。

四万年前、デニソワ人も誰かとこうして目の前に広がる原野を見下ろしたのだろうか。

強く吹きつけてくる風に乗って、デニソワの少女の子守唄が聞こえた気がした。

あとがき

この小説は、当然のことながら、科学的（博物学的）事実に筆者の想像の産物を織りまぜて書かれています。

その両者を判別するのはそれほど困難ではないと思いますが、念のために、事実と誤解されるおそれのある虚構の事がらを挙げておきます。以下、物語の核心に触れる記述が含まれますので、本編を未読の方はご注意ください。

まず、物語の舞台である「国立自然史博物館」は、部分的に「国立科学博物館」（東京・上野）をモデルにしているものの、架空の施設です。

第三話で語られる「ヤマイヌはオオカミとイヌの雑種である」という箕作の主張は、一部の研究者による仮説に過ぎず、広くコンセンサスが得られているものではありません。

第六話に登場する「北京原人化石紛失事件」は実際に起きた出来事です。ただし、物語上それに関わったとされている日本人研究者たちは、すべて架空の人物です。

第三の人類「デニソワ人」に関する記述も、最新の科学的知見に基づいています。しかしながら、中国の洞窟「貝白洞」とそこでの発見は、すべてフィクションです。また、ナス科植物「*Solanum streptopetalum*《ねじれた花弁のナス》」（第二話）、モロッコの町「カムディート」とそこでの出来事（第四話）、箱根の「老川昆虫館」（第五話）などは、すべて架空のものです。

本作の執筆に際しては、集英社の伊藤亮さん、ならびに武田和子さんにさまざまな形でお力添えいただきました。この蘊蓄《うんちく》だらけの六編が娯楽作品たり得ているとすれば、それはお二方の適切なご助言によるものです。この場をお借りして心より御礼申し上げます。どうもありがとうございました。

伊与原　新

主要参考文献

『乾燥標本収蔵1号室　大英自然史博物館　迷宮への招待』リチャード・フォーティ著　渡辺政隆、野中香方子訳／NHK出版
『十力の金剛石』妹尾一朗絵　宮澤賢治作／福武書店
『賢治と鉱物　文系のための鉱物学入門』加藤碵一、青木正博著／工作舎
『新編　宮沢賢治詩集』天沢退二郎編／新潮社
『標本学　自然史標本の収集と管理　国立科学博物館叢書3』国立科学博物館編／東海大学出版会
『標本の世界　国立科学博物館叢書10』松浦啓一編著／東海大学出版会
『学研の図鑑　美しい鉱物　レアメタルから宝石まで鉱物の基本がわかる！』松原聰監修／学研教育出版
独立行政法人国立科学博物館概要2013
http://www.kahaku.go.jp/about/summary/imgs/kahaku_outline2013.pdf
『欲望の植物誌　人をあやつる4つの植物』マイケル・ポーラン著　西田佐知子訳／八坂書房
『植物の名前のつけかた　植物学名入門』L・H・ベイリー著　八坂書房編集部訳／八坂書房
『世界動物大図鑑　ANIMAL　DKブックシリーズ』デイヴィッド・バーニー［他］編　日高敏隆［他］日本語版監修　高木しらね［他］訳／ネコ・パブリッシング
日本新薬株式会社　植物図鑑DB「植物の話あれこれ」http://www.nippon-shinyaku.co.jp/herb/db/arekore/
熊本大学薬学部・大学院薬学教育部「今月の薬用植物」http://www.pharm.kumamoto-u.ac.jp/flower/
『絶滅した日本のオオカミ　その歴史と生態学』B・L・ウォーカー著　浜健二訳／北海道大学出版会

『日本人とオオカミ　世界でも特異なその関係と歴史』栗栖健著／雄山閣

「INAX BOOKLET　小さな骨の動物園」建築・都市ワークショップ、石黒知子編／ＩＮＡＸ出版

ＮＨＫ・ＥＴＶ特集「見狼記〜神獣　ニホンオオカミ〜」（２０１２年2月19日放映）

神奈川県立生命の星・地球博物館ニュースレター　自然科学のとびら Vol.16, No.3「標本づくりのプロっているの?――いるんです、標本士です（標本士　相川稔）」

http://nh.kanagawa-museum.jp/tobira/16-3/tobira62_2aikawa.pdf

JANJANニュース「ニホンオオカミ『もどり狼』問題の真相（上・中・下）」成川順著（２０１４年2月、ウェブサイト公開終了）

『マラケシュの贋化石〔上〕進化論の回廊をさまよう科学者たち』スティーヴン・ジェイ・グールド著　渡辺政隆訳／早川書房

『干し草のなかの恐竜〔上・下〕化石証拠と進化論の大展開』スティーヴン・ジェイ・グールド著　渡辺政隆訳／早川書房

『三葉虫の謎「進化の目撃者」の驚くべき生態』リチャード・フォーティ著　垂水雄二訳／早川書房

『示準化石ビジュアルガイドブック　化石図鑑　地球の歴史をかたる古生物たち』中島礼、利光誠一著／誠文堂新光社

『サイエンス・アイ新書　みんなが知りたい化石の疑問50　一部の化石からどうして全体がわかるの？　映画のようにＤＮＡから恐竜を再生できる？』北村雄一著／ソフトバンククリエイティブ

「ナショナル ジオグラフィック 日本版」２００５年5月号「化石ビジネスの最前線」／日経ナショナル ジオグラフィック社

『邪悪な虫　ナポレオンの部隊壊滅！　虫たちの悪魔的犯行』エイミー・スチュワート著　山形浩生監訳　守岡桜訳／朝日出版社
『またまた99匹の跳ぶ、這う、かじる仲間　昆虫たちの秘密の履歴書』メイ・R・ベーレンバウム著　長野敬、赤松眞紀訳／青土社
『大人になった虫とり少年』宮沢輝夫編著／朝日出版社
いきもの通信　Vol.278「恐怖の死番虫／あの小さな虫の正体」宮本拓海　http://ikimonotuusin.com/doc/278.htm
岐阜県図書館デジタルコレクション「The pressed specimens of butterflies and moths(蝶蛾鱗粉転写標本)」名和昆虫研究所工芸部編　1908年発行　http://www.library.pref.gifu.lg.jp/dc/butterflies/butterflies1.htm
『北京原人物語』ノエル・T・ボアズ、ラッセル・L・ショホーン著　長野敬、林大訳／青土社
『アナザー人類興亡史　人間になれずに消滅した〝傍系人類〟の系譜』金子隆一著／技術評論社
『人類進化99の謎』河合信和著／文藝春秋
『化石の分子生物学　生命進化の謎を解く』更科功著／講談社
「別冊宝島2051号　最新！　人類史の謎を解く」船曳建夫監修／宝島社
『旅する遺伝子　ジェノグラフィック・プロジェクトで人類の足跡をたどる』スペンサー・ウェルズ著　上原直子訳／英治出版
「ナショナル　ジオグラフィック　日本版」2013年7月号「デニソワ人　知られざる祖先の物語」／日経ナショナル　ジオグラフィック社
「日経サイエンス」2010年9月号「覆った定説　ネアンデルタール人は賢かった」／日経サイエンス
「日経サイエンス」2013年8月号「創造する人類」／日経サイエンス
ナショナル　ジオグラフィックDVD「謎の人類　デニソワ人」／日経ナショナル　ジオグラフィック社

解　説

吉田伸子

本を読んだ後で、実際に何かアクションを起こしたくなることを、私は「本からのギフト」と呼んでいる。駅伝をテーマにした物語なら、駅伝は無理だとしてもランニングを始めてみたくなったり、絵画をテーマにした物語なら、登場する絵画を鑑賞したくなったり、食をテーマにした物語なら、描かれた料理を食べたくなったり、と、一冊の本を読んだ後で、現実の自分になんらかの作用を及ぼすこと、それがギフトだ。

そう頻繁にはお目にかかれないのが残念なのだが、これまでにも「ギフト本」との出会いがあった。その「ギフト本」リストに新たに加わったのが、本書である。何せ、自他共に認めるこてこて文系の私が、東京・上野にある「国立科学博物館」（本書の舞台となっている「国立自然史博物館」の部分的なモデルになっている）のホームページにアクセスしたのだから。恐竜とか石とかに一切興味がなかった私でさえ、博物館って面白そうだな、ちょっと行ってみようかな、と思ってしまったほどなのだ。

さてさて、本書の大きな枠組みは、「箕作博士の事件簿」という副題からも分かるように、「国立自然史博物館」がらみの〝事件〟を、博物館の動物研究部の主任研究員である箕作類《みつくりるい》と、植物研究部に所属する池之端環《いけのはたたまき》が解決していく、というものである。タイトルにもある「ファントム」というのは、この箕作の呼び名で、オペラ座の怪人ならぬ「標本収蔵室の怪人」として研究員の間で知られた存在だった。一方の環は、部長から「新人研修みたいなもんだと思え」と、標本収蔵室の整理を命じられたことからも分かるように、「国立自然史博物館」に職を得て、まだ一ヶ月という新米の研究員。環の持ち合わせている知識は数学とプログラミングであり、植物研究部が立ち上げるDNAバーコーディングの技術開発チームに、計算機科学の専門家として採用されたのだ。

この箕作と環が、言うなればホームズとワトソンだ。かつて「大英自然史博物館」で任期付き研究員をしていたほどの、いわば筋金入りの博物学者である箕作。理系か文系かで分ければ理系ではあるものの、博物館の研究部門である「動物」、「植物」、「地学」、「人類」の四つとはいずれも無縁の環。しかも、「『どんなものも絶対に捨ててはならない』――これは博物館の第一原則だ」と宣《のたま》う箕作に対し、「根っからの片付け魔」で、「趣味も部屋の片付けで、どうすれば家の中のものを効率よく分類して、整理できるか、そのアルゴリズムをいつも考えてます」という環。この、こと片付けることに関しては水と油のような対照的な二人をコンビにしているところが、本書のミソの一つ。

博覧強記を地でいく箕作は、その言動がちょっと常人には計り知れないところがあるのだが、環は持ち前の真《ま》っ直《す》ぐさで箕作と相対していく。箕作から「バーコードレディ」という呼び名をもらった環は、箕作に煙たがられながらも、「赤煉瓦《あかれんが》」に通い、標本収蔵室の片付けを地道に続けていく。ちなみに、箕作は他の研究員にも呼び名を付けていて、環の上司である部長は「キノコマン」、地学研究部の五十嵐には「レアメタルマン」、動物研究部長には「スパイダーマン」というように。これは、「大英自然史博物館では、研究者を専門とするものの名前で呼ぶ」ことに由来する箕作のスタイルでもある。

「赤煉瓦」の標本収蔵室ニ号に収蔵されていた、曰《いわ》く付きの「呪いのルビー」の木箱が開封されてしまった――「呪いのルビーと鉱物少年」。標本収蔵室ロ号にあったシロイルカの模型のお腹から出てきた押し葉標本の謎――「ベラドンナの沈黙」。旧館に展示されていた剝製にいたずらをし、ドールの剝製を壊したのは？――「送りオオカミと剝製師」。デボン紀のモロッコ産の化石のガラスケースだけに書かれた〈ニセモノ〉の落書きの秘密――「マラケシュから来た化石売り」。死んだ父が別荘に残したのは、膨大な昆虫標本と死神⁉――「死神に愛された甲虫」。人類進化の謎を握る頭蓋骨とは――「異人類たちの子守唄」。

収録されている六編は、どれも博物館ならではのミステリで、その謎を解いていくのは箕作の博物学の知識だ。箕作の助手役に、それまでは博物学の知識のなかった環を配することで、読者も分かりやすく読めるようになっているのがいい。例えば、イルカ、イルカと連呼する環に、「『ハクジラ』と言え」と箕作が言う場面。これってクジラなんですか？と尋ねる環に、箕作は言うのだ。「分類学的には、いわゆる〝クジラ〟と〝イルカ〟に違いはない。小型のクジラのことを、俗に〝イルカ〟と呼んでいるだけだ」。自分の無知を晒《さら》すようですが、私、初めて知りました。

もう一つ。バグ取りに夢中になって深夜まで残業していた環を、たまたま帰宅が一緒になった箕作が送っていこうとする場面。箕作に遠回りさせることを懸念した環とのやりとりの中で出てくる「送りオオカミ」という言葉。これ、一般には、親切に女性を送っていく風を装って、女性の隙を狙って乱暴しようとする男性、の意味で通っているじゃないですか。ところが、違うのです。「送りオオカミ」は、「オオカミに失礼だ」と箕作。ぽかんとする環に、箕作は説明する。「山道を歩いていると、いつの間にか後ろをオオカミがついてくる。一定の距離を保ったまま人里近くまで来て、姿を消す。昔の人々は、それを『オオカミに送られた』あるいは『オオカミに守られた』と考えた。それが『送りオオカミ』という伝承だ」と。えぇっ？　もしそうなら、全く逆の意味じゃないですか。今まで、不名誉な用い方をして、ごめん、ごめんよ、オオカミ。

他にも、甲虫が、動物界最大のグループであり、現在までに正式に命名されている動植物はおよそ一八〇万種にのぼるが、その五分の一を甲虫が占めていること。現生人類でもネアンデルタール人でもない、まったく未知の、デニソワ人という人類がいたということ、等々。

と、こんな風に、物語を読みながら、少しずつ知識が増えていくのは、実に楽しい。これもまた本書のミソである。そして、そして、本書の最大のミソは、登場人物たちのキャラクタ、とりわけ箕作と環の魅力である。

最初は偏屈でとっつきにくそうだった箕作と環という凸凹コンビが、物語が進んでいくにつれ、絶妙な連携プレーを見せるのだ（その最たるものが、最終章の「異人類たちの子守唄」である）。

環は環で、何でもきちんと片付いていないと落ち着かない几帳面《きちょうめん》さから、四角四面なキャラかと思いきや、実はかなりのドジっ娘！「進路を決める際に実験系の科学を除外したのは、コンピューターが好きだったから」だけではなく、「自分の不器用さをよく分かっていたから」だ。高校時代の化学の教師からは、「フラスコクラッシャー」とあだ名をつけられ、理科準備室への出入りを禁じられていたほど、なのだ。この不器用ぶり、個人的に大変親近感が湧きます。

同時に、環のいいところは、それまでは全くの門外漢だった博物学に、自ら歩み寄っていくところだ。小学生以来の動物園にも足を運ぶし、何より箕作を敬して遠ざけたりせずに、箕作から教えられた知識を吸収していくのだ。箕作からのメッセージをちゃんと読み取り、そこから推理を働かせるところもいい。そして、そんな環に、恐らくは根本的に人付き合いが得手とは思えない箕作が、時に呆《あき》れ、時に鋭く突っ込みながらも、環のことを認めていくところが、いい。

収録作六編はどれもいいのだが、最終話に「異人類たちの子守唄」を持ってきているのがいい。ミステリとしての本筋は勿論《もちろん》だし、箕作と環の連携プレーもすごくいいのだが、何よりも、第三の人類とされるデニソワ人をテーマとしたことで浮かび上がってくるのは、異なるものを排除しない寛容さと、その重要性、であるところ。それは、「文化が飛躍する最大の原動力は、異文化との接触だ。異文化からの感染だ」という箕作の言葉に表れている。こういう大事なメッセージを、物語の中にちゃんと込めているところが、実にいいのだ。

どの短編も長編になりうるような密度があり、読み応えたっぷり。個人的には、「ベラドンナの沈黙」に登場する、ナス科を専門とする植物部の研究員で、箕作からはベラドンナと呼ばれている宮前葉子の男前さにヤラれました。仕事終わりに自分が吸う一服のために、植物園の一画に葉タバコを栽培している（しかも、香りづけに、これまた栽培しているハーブを何種類か混ぜている！）、というところもカッコいい。

箕作と環のコンビが、これからどうなっていくのか。このままツンデレな師弟関係でいて欲しいような、異色のカップルに成って欲しいような。二人の関係の行方を知るためにも、続編を読みたいと思う。

（よしだ・のぶこ　文芸評論家）

初出誌「小説すばる」

呪いのルビーと鉱物少年（「標本収蔵室の怪人」改題）　二〇一二年四月号

ベラドンナの沈黙　二〇一二年十月号

送りオオカミと剝製師　二〇一三年一月号

マラケシュから来た化石売り　二〇一三年四月号

死神に愛された甲虫　二〇一三年六月号

異人類たちの子守唄（「異人類たちの歌」改題）　二〇一三年十月号

本書は、二〇一四年一月、集英社より刊行された『博物館のファントム
箕作博士のミステリ標本室』を文庫化にあたり、『博物館のファントム
箕作博士の事件簿』と改題したものです。

集英社文庫　目録（日本文学）

一田和樹　最新！　世界の常識検定
五木寛之　こころ・と・からだ
五木寛之　雨の日には車をみがいて
五木寛之　不安の力
五木寛之　新版　生きるヒント1　自分を発見するための12のレッスン
五木寛之　新版　生きるヒント2　今日を生きるための12のレッスン
五木寛之　新版　生きるヒント3　癒しの力を得るための12のレッスン
五木寛之　新版　生きるヒント4　ほんとうの自分を探すための12のレッスン
五木寛之　新版　生きるヒント5　人生にときめくための12のレッスン
五木寛之　歌の旅びと　ぶらり歌旅、お国旅　東日本・北陸編
五木寛之　歌の旅びと　ぶらり歌旅、お国旅　西日本・沖縄編
伊東　乾　さよなら、サイレント・ネイビー　地下鉄に乗った同級生
伊藤左千夫　野菊の墓
伊東　潤　真実の航跡
いとうせいこう　鼻に挟み撃ち
いとうせいこう　小説禁止令に賛同する

絲山秋子　ダーティ・ワーク
井戸まさえ　無戸籍の日本人
稲葉　稔　国盗り合戦〈一〉〜〈三〉
乾　ルカ　六月の輝き
乾　緑郎　思い出は満たされないまま
犬飼六岐　青藍の峠　幕末疾走録
犬飼六岐　ソロバン・キッド
井上荒野　森のなかのママ
井上荒野　ベーコン
井上荒野　そこへ行くな
井上荒野　夢のなかの魚屋の地図
井上荒野　綴られる愛人
井上荒野　百合中毒
いのうえさきこ　圧縮《ぎゅぎゅっと》！　西郷どん
井上ひさし　ある八重子物語
井上ひさし　不忠臣蔵

井上真偽　ベーシックインカムの祈り
井上麻矢　夜中の電話　父・井上ひさし最後の言葉
井上光晴　明日　一九四五年八月八日・長崎
井上夢人　あくむ
井上夢人　パワー・オフ
井上夢人　風が吹いたら桶屋がもうかる
井上夢人　the TEAM　ザ・チーム
井上夢人　the SIX　ザ・シックス
井上理津子　親を送る　その日は必ずやってくる
今邑　彩　よもつひらさか
今邑　彩　いつもの朝に(上)(下)
今邑　彩　鬼
今村翔吾　塞王の楯(上)(下)
伊与原新　博物館のファントム　箕作博士の事件簿
岩井志麻子　邪悪な花鳥風月
岩井志麻子　瞽女《ごぜ》の啼く家

集英社文庫　目録（日本文学）

岩井三四二　清佑《せいゆう》、ただいま在庄《ざいしょう》
岩井三四二　むつかしきこと承り候 公事指南控帳
岩井三四二　室町もののけ草紙
岩井三四二　「タ」は夜明けの空を飛んだ
岩井三四二　鶴は戦火の空を舞った
岩城けい　Masato
宇江佐真理　深川恋物語
宇江佐真理　斬られ権佐
宇江佐真理　聞き屋与平 江戸夜咄草
宇江佐真理　なでしこ御用帖
宇江佐真理　糸車
植田いつ子　布・ひと・出逢い 美智子皇后のデザイナー 植田いつ子
上田秀人　辻番奮闘記 危急
上田秀人　辻番奮闘記 二 御成
上田秀人　辻番奮闘記 三 鎖国
上田秀人　辻番奮闘記 四 渦中

上田秀人　辻番奮闘記 五 絡糸
上田秀人　辻番奮闘記 六 離任
上田秀人　布武の果て
植西聰　人に好かれる100の方法
植西聰　自信が持てない自分を変える本
植西聰　運がよくなる100の法則
上野千鶴子　〈おんな〉の思想 私たちは、あなたを忘れない
上畠菜緒　しゃもぬまの島
植松三十里　お江《ごう》流浪の姫
植松三十里　大奥延命院醜聞 美僧の寺
植松三十里　大奥秘聞 綱吉おとし胤《だね》
植松三十里　リタとマッサン
植松三十里　家康の母お大
植松三十里　ひとり白虎 会津から長州へ
植松三十里　会津の義 幕末の藩主松平容保
植松三十里　レイモンさん 函館ソーセージマイスター

植松三十里　慶喜の本心 徳川最後の将軍
植松三十里　家康を愛した女たち
植松三十里　イザベラ・バードと侍ボーイ
植松三十里　侍たちの沃野 大久保利通最後の夢
宇佐美まこと　夢伝い
内田英治　サイレントラブ
内田康夫　浅見光彦豪華客船「飛鳥」の名推理
内田康夫　軽井沢殺人事件
内田康夫　北国《ほっこく》街道殺人事件
内田康夫　浅見光彦 四つの事件 名探偵と巡る旅
内田康夫　名探偵浅見光彦の ニッポン不思議《ミステリアス》紀行
内田洋子　カテリーナの旅支度 イタリア 二十の追想
内田洋子　どうしようもないのに、好き イタリア15の恋愛物語
内田洋子　イタリアのしっぽ
内田洋子　対岸のヴェネツィア
内山純　みちびきの変奏曲

集英社文庫

博物館《はくぶつかん》のファントム　箕作博士《みつくりはかせ》の事件簿《じけんぼ》

2016年9月25日　第1刷
2025年6月7日　第5刷

定価はカバーに表示してあります。

著　者　伊与原《いよはら》　新《しん》

発行者　樋口尚也

発行所　株式会社　集英社
東京都千代田区一ツ橋2-5-10　〒101-8050
電話　【編集部】03-3230-6095
【読者係】03-3230-6080
【販売部】03-3230-6393（書店専用）

印　刷　TOPPANクロレ株式会社

製　本　TOPPANクロレ株式会社

フォーマットデザイン　アリヤマデザインストア　　マークデザイン　居山浩二

ISBN978-4-08-745492-5 C0193